KB096627

우리는 일요일 오후에

이 밤   이정애

오드리   조준휘

이선희   김민준

일 례   이희진

[일러두기]

〈우리는 일요일 오후에〉

책 집필에 참여한 8명의 작가 대부분은 자신의 글을 처음 세상으로 내보입니다. 출판사는 작가들의 원고에 큰 오탈자와 비문 정도에만 개입하였고, 그 외에는 자신의 문장이 그대로 세상에 나오는 즐거움을 느낄 수 있도록 개입하지 않았습니다.

　테니스 공이 라켓 스트링에 부딪히고 튕겨, 상대편의 네트로 넘어갈 때까지 일초 채 안 걸린다. 발등에서 출발한 축구공이 상대편 골 망을 흔들 때까지의 시간은 일초 채 안 된다. 머릿속을 뒹굴던 단어가 어떤 다른 단어와 충돌해 부스러기가 툭. 자신도 상상치 못한 단어를 마주하는 데는 일초 채 안 걸린다. 우리는 이 쏜살같은 시간 위에서 웃고, 울고, 살고, 죽고, 느끼고, 읽고, 쓴다.

　글을 쓴다는 것은 일초를 쌓아가는 것. 그리고 글을 읽는다는 것은 일초들의 중첩을 들여다본다는 것이다. 〈우리는 일요일 오후에〉를 써낸 8명의 작가들이 어떤 일초를 쌓았는지, 어떤 일초를 꺼내었는지, 어떻게 자신의 일초를 나타내었는지를 들여다보기 추천한다. 이왕이면 일요일 오후면 좋겠고, 커피와 함께 하면 더욱 좋겠다.

- 고유출판사 대표 이창현

  우리는 평면에서 시작했습니다. 온라인 화상 회의에서 만났거든요. 얼굴 사진이 담긴 액자 여러 개를 바라보는 것 같았습니다. 타인의 공간에 방문했다가 액자를 마주하던 순간이 떠올랐습니다. 액자는 눈에 띄는 곳에 놓였습니다. 상을 받거나 결혼, 생일 등 영광스러운 날이 담겼습니다. 또 가족이나 친구와 함께하는 평범하지만 소중한 일상도 담겼습니다. 그만큼의 의미가 일요일 오후 1시, 글을 쓰기 위해 모였던 그 순간에도 있었습니다.

  우리는 입체를 만들었습니다. 지금 이 글을 읽고 있는 당신의 두 손에 묵직하게 담긴 책과 당신이 두 눈으로 상상하며 읽게 될 세상에 관한 이야기입니다. 유년 시절 색종이를 접던 순간이 떠올랐습니다. 반듯한 정사각형처럼 보이는 색종이를 반으로 접어보면 마음만큼 모서리가 딱 맞지 않았습니다. 설명서를 보고 따라 접는데도 놓치는 부분이 있었습니다. 접었다 펼치기를 반복, 색종이에는 이런저런 선이 남았습니다. 얇은 재질이라서 말끔하게 되돌릴 수 없었습니다. 계속해야 했습니다.

  우리는, 우리는, 우리는…… 앞으로도 이런 주어로 시작하는 문장을 쓰겠다는 마음을 모았습니다. '나'는 글 쓰는 사람이 되었습니다. 내가 말하는 '나'와 타인이 말하는 '나'는 닮은 듯 달라서 서로가 궁금했습니다. 글에서 느껴지는 일상의 치열함, 그것이 뭉툭한 재료에서 예리한 작품이 되는 과정을 함께했습니다. 그렇게 우리는 우리가 되었습니다. 어쩐지 우리는 조금 더 큰 우리가, 더 넓은 우리가 될 것 같아서 이 책을 열어본 당신도 궁금합니다. 늘 새로운 우리를 기대합니다.

– 박정원 작가

차례

이
밤

울던 아이는 자라서

◇◇◇◇◇◇◇◇◇◇◇◇◇◇◇◇◇◇

세상에는 두 종류의 아이가 있다. 웃는 아이와 우는 아이. 나는 후자였다. 시도 때도 없이 발작하듯 울부짖어 엄마를 환장하게 했다. 그녀는 오매불망 딸을 원했다. 밤낮없이 우는 나를 보며 아무도 모르게 내다 버리고 싶었을지도 모른다.

"말도 못 하는 게 어찌나 울어대던지."

"말을 못 하니까 울지."

"왜 그렇게 울었을까."

"태어난 게 서러웠나 보지."

뜻 없이 내뱉은 말인데 꺼내놓고 보니 그럴듯했다. 그러니까 자궁을 찢고 나오는 순간 모든 아이는 운다. 기어이 인간으로 태어난 것이다. 그러고 보면 모든 삶이 울음으로 시작된다는 건 도리 없는 생에 관한 지독한 은유 같다. 혹은 예고인지도.

울던 아이는 우는 어른으로 자랐다. 서른이 되던 해, 한 박수무당은 방 안에 들어서는 나를 보자마자 외쳤다. "한평생 울음이로구나." 마치 생애 전체를 관통

하는 계시라도 된다는 듯. 응답을 이렇게도 받는구나 싶었다.

나는 여전히 울보다. 슬픔에 쉽게 감응하고 마음은 곧잘 허물어진다. 흘린 눈물이 다 돈이라면 억만장자가 됐을지도 모른다. 그러나 눈물은 돈이 될 수 없지. 까마득한 어린 시절에 그랬듯 장난감이나 사탕이 되어 돌아오지도 않는다. 최근 인터넷 커뮤니티에서 '현실적인 유치원 급훈'이라는 제목의 게시물을 봤다. 클릭해보니 '울지 말자'라는 문구가 궁서체로 적혀 있었다. 내 나이 서른넷. 삼십 년이 지난 지금까지도 그 명령문이 유효할 줄 몰랐다.

이쯤 되니 '자랐다'는 게 맞는 표현인가 싶다. 일단 다 자란 것치곤 팔다리가 너무 짧은 거 아닌가. 최근에는 "갈수록 퇴행하는구나"라는 말을 듣기도 했다. 다정한 말투였다. 하마터면 칭찬으로 오해할 뻔했다. 집에 돌아와 위키백과 검색창에 '유아 퇴행'을 입력했다.

충동을 충족시킬 수 없어 자아가 위기에 처할 때 심리적으로 이전 성장단계로 되돌아가 정신적 평안을 얻는 상태. 책임감과 사회화에 대한 거부는 반동형성, 부적절한 일반화, 상습적인 거짓말의 형태로 나타난다……

미간을 좁히고 정독했다. 과도하게 음식을 먹거나 담배를 피우거나 공격적인 언행을 한다는 대목이 특히 눈에 띄었다. 다양한 증상을 종합해 본 결과 '구강단계'에 갇혀있다는 자가 진단을 내릴 수 있었다. 숱한 울음은 구강기 고착에 의한 우울증의 산물인가. 과연 프로이트는 훌륭했다.

몸도 마음도 덜 자란 어른이 의탁할 수 있는 곳은 많지 않다. 종교는 가져본 일 없다. 아마 앞으로도 없을 것이다. 갓 스물이 되었을 무렵엔 길에서 자주 불려 세워졌다. '도를 아십니까' 같은 걸 묻는 인간들이었다. 당시 나는 재수생이었고, 온몸에 갑옷처럼 패배감을 두르고 다녔다. 그들에겐 좋은 과녁이었을 것이다. 그 양반들은 하나같이 조상이며 제사 타령을 했다. 제사는 정성이고 정성은 곧 돈이랬다. 기가 막혔다. 가난은 대물림 아닌가. 없이 살게 만들어 놓고 돈 들여 구첩 반상을 차리라니. 그게 조상인가. 나 같으면 미안해서 꿈에 나와 숫자라도 불러줬겠다. 그때부터였다. 조상이고 신이고, 죄다 어깃장을 놓고 싶어졌다. 독실한 크리스천들과도 자주 싸웠다. 니들은 일주일 내내 못된 짓하고 주일에 교회 가서 눈 감고 손 모으면 오케이지?

훈련병 시절에는 까까머리를 한 채 더 맛 좋은 간식을 쫓았다. "오늘 천주교 롯데리아 준대." 교회와 법당과 성당을 한 번씩 공평하게 드나들었다. 어쩌면 그때부터였을까. 하나님도 부처님도 성모 마리아도 전부 나를 배척하기로 마음먹은 게. 살다가 모든 신에게 버림받은 것처럼 느껴질 때면 귀신을 찾았다. 마지막으로 샤먼의 방문을 두드린 건 지난여름이었다. 난데없는 코비드 양성 판정으로 자가 격리 상태에 놓여 있던 차였다.

"인생이 영 안 풀리네. 점이라도 볼까 봐."

"얼마 전에 본 데 있는데, 알려줘요?"

"당장 내놔."

카톡으로 사주를 봐주는 분이라 했다. "진짜 용해요. 얼굴도 안 보고 척척 맞추니까 더 신기하더라고요." L에게 링크를 받은 다음 날 부리나케 상담 요청을 했다. 모바일 뱅킹으로 복채를 전송한 뒤 생년월일시를 넘겼다.

　—사주 확인되었습니다. 정리하여 보겠습니다.

　남들보다 고통이 많으며 사고수 및 힘든 일이 왕왕 보인다 했다. 역마살이 좀 있어 삼십 대에는 이곳저곳 많이 돌아다니실 거고. 혈압과 당뇨 질환에 유의하셔야 하며 빨간색과 노란색을 가까이하면 좋으시고. 베란다에 모래를 깔아 두거나 집터를 산 주변으로 잡는 것을 고려해보시고. 연애 상대를 보는 눈은 영 없으신 편이니 사람을 만날 때 반드시 유념하셔야 하고…… 말풍선을 가만 보는데 영 감질났다. 내가 바란 건 수정 구슬로 본 정확한 미래였다. 그러니까 이곳부터 죽음까지 뻗어 있을 나의 연대기를 수직선 위에 명쾌하게 그려주는 것. 도사님, 제 인생의 청사진을 보여주시겠어요? 거기까지 생각하자 헛웃음이 났다. 어디 가당키나 한 일인가. 이어지는 점괘 역시 신당을 쏘다니며 족히 스무 번은 더 들었던 이야기의 변주였다. 어쩐지 더 갑갑해졌다.

　—더 궁금한 사안이나 특별한 사연 있으시면 말씀해주세요.

　나는 승부수를 던져보기로 했다.

　—제가 최근에 한 공모전에 당선이 돼서 소설을 쓰게 됐거든요. 이게 저한테 얼마나 잘 맞고 또 잘할 수 있을지……

　억겁 같은 7분이 흘렀다. 장문의 답변이 도착했고, 요약하자면 이랬다.

　—예술가로 아주 큰 성과를 이루시겠어요. 36세 이후에 큰 빛을 볼 거로 기대해봅니다.

　빛이라. 깜빡거리던 마음에 그제야 불이 좀 켜진 것 같았다. 이제야 돈값을 하는군. 그가 내 사주팔자의 어느 행간에서 '성공한 예술가'라는 대목을 읽어냈는지 모른다. 어쩌면 오독인지도 모르지. 한 친구는 이렇게 묻기도 했다. "그냥 네가 듣고 싶은 말만 들은 거 아냐?" 맞는 말이었으나 중요치 않았다. 중요한 건 믿음이다. 요한계시록 1장 3절. 이 예언의 말씀을 읽는 자와 듣는 자와 그 가운데에 기록한 것을 지키는 자는 복이 있나니.

서른여섯이 머지않았다. 어쩌면 울던 아이는 자라서 대성한 예술가가 되는지도 모른다. 태어난 게 서러워 서른 해가 넘도록 징징대다 보면, 생면부지의 인간이 점쳐 준 근거 없는 낙관에 매달려보고 싶어지기도 한다. 막막한 인생에 누구나 미덥게 품어볼 부적 하나쯤은 있어야 하는 법이니까. 혹시 아나. 의외로 튼튼한 동아줄일 수도 있다.

이방인의 기분으로

"고향이 어디예요?"

살다 보면 의외로 많이 듣는 질문이다.

"여수요."

"오, 여수 밤바다."

여행깨나 다녀본 인간이라면 그때부터 여수의 관광지와 맛집과 호텔 등을 삼백 개쯤 읊어대기 시작한다. 그런 뒤엔 간식을 기다리는 개처럼 눈을 빛낸다. 나의 반응을 기대하는 것이다.

"태어나긴 했는데, 오래 살진 않아서요."

"얼마나요?"

손가락을 접어야 한다. 태어나 네 살 때까지 4년, 다시 일곱 살 때부터 3년, 다시 5학년 때부터 한 3년쯤…… "어릴 때 10년 정도요." 어쩐지 변명하듯 덧붙이게 된다. "이사를 많이 다녀서."

"그럼 어디서 오래 사셨는데요?"

"……제주도요."

"오, 한라봉."

그러면 그는 아까보다 더 열광적인 태도로 제주도의 '핫 스팟'을 오백 개쯤 나열한다. 여행과 모험을 즐기는 사람들의 에너지는 그 자체로 동경할 만하다. 내가 하는 여행이라곤 기껏해야 방구석에 들어앉아 심연을 헤매는 일뿐. 일종의 반작용인지도 모른다. 어릴 적부터 너무 많은 곳을 옮겨 다녔다.

유년기와 초등 고학년 시절까진 잦은 이사를 겪었다. 새로운 집 주소가 겨우 입에 붙었을 즈음 짐을 싸는 일도 더러 있었다. 가파른 성장 가도를 달리던 아버지의 사업 때문이었다, 고 말하면 좋겠지만 실은 정반대였다. "엄마, 나 어릴 때 이사를 왜 그렇게 다녔어?" "돈이 없어서." 가난은 방의 크기를 줄이고 개수를 좁혔다. 방 세 개짜리 주공아파트에서 가게 안 쪽방으로 세간을 옮기게 되었을 때 나는 고작 아홉 살이었다. 그때 빼앗긴 건 내 방뿐만이 아니라 어떤 존엄성 같은 거였다. 티 내지 않으려 애썼다. 의젓한 어린이 흉내를 내느라 한 시절이 대충 베껴 쓰듯 지나갔다. 드라마 〈동백꽃 필 무렵〉에서 가난한 미혼모의 아들 필구는 너무 일찍 철이 든다. 야구부 전원이 참가하는 중국 전지훈련을 포기

한다. "48만 원이면 두루치기를 거의 48개 안 팔아도 돼요." 그때 내 엄마는 한 판에 삼천 원짜리 만두를 팔았다. 종일 선 채로 밀가루를 날리며 소를 넣고 만두를 빚었다.

가난에 쫓기던 4인 가족은 기어이 시골로 내몰리게 되었다. 전형적인 서사였다. 초등학교 시절 몇 년간은 어딜 가도 빼다 박은 듯한 촌구석을 전전했다. 논과 밭이 끝없이 펼쳐지는 풍경. 주소에 읍, 면, 리가 들어가는 곳들.

내 아버지로 말하자면 그 모든 전국 일주 대장정의 장본인이었으나 그걸 미안해할 만큼의 양심은 못 가진 인물이었다. 가장의 권위를 힘의 논리와 동일시하던 노가다 꾼. 엄마가 맹렬하게 가사의 끈을 조이면 그는 그걸 다시 느슨하게 풀어헤치곤 했다. 살림살이를 널브러뜨리는 일은 덤이었다. 신발 끈이 풀린 채로 뛸 수는 없었으므로 빈곤은 늘 우릴 앞질렀다. 어린 시절의 나는 시커먼 얼굴을 불쾌하게 붉히고 다니던 아버지와 그의 동료들을 별수 없는 놈팽이로 간주했다. 때에 전 당신의 작업복을 긍지로 여길 것까진 못 되어도 쪽팔려 하진 말았어야 했을까. 깨달음은 늘 몇 발짝 늦게 온다.

소심하고 내성적인 데다 예민하기까지 한 아이가 전학생이 되어야 하는 일은 거의 재앙에 가깝다. 그것도 여러 번씩이나. 매번 적당하고 무람없는 환대를 받았으나 거기까지였다. 아이들의 생태계는 생각보다 견고했다. 딱 배제당하지 않을 정도의 틈바구니에만 낄 수 있었다. 나는 그 영역을 확장할 만큼 매력 있는 아이는 못 됐다.

언제나 이방인의 기분으로 겉도는 동안 눈치가 빨해졌다. 무시당하지 않으려면 자신 있게 내보일 패 하나는 있어야겠구나. 성적만큼은 뒤지지 않아야 했다. 일종의 생존 본능이었다. 전학생이 1등 했대. 그런 말을 들으면 엄마가 제일 먼저 면이 섰다. 장래희망을 적는 칸에 사짜 직업을 자신 있게 써내던 시절이었다. 엄마는 개천에서 용이라도 날 줄 알았을 거다. 집안을 일으켜 세웠어야 할 장남이 가난한 예술가 지망생이 될 줄은 꿈에도 모르시고. 없는 형편에도 책값은 안 아끼던 당신 덕이다. 초등학교 때부터 세계문학 전집을 섭렵하고 일기에다가는 소설을 써서 연재했다. 담임 선생님은 내 최초의 독자였다. "다음 화가 너무 기대되는구나." 놀랍게도 기대해준 건 그녀뿐이었다. 엄마는 일기장에다 쓸데없는 짓 좀 그만두라 했다. 그러자 소설을 쓸 데가 없어졌다(그때 못한 짓을 지금 하고 있다).

무람없는 환대 바깥에는 무자비한 냉대도 있었다. "저 새끼 존나 잘난 척해." 백 점짜리 시험지는 교실 바깥에선 힘을 못 썼다. 조그맣고 약한 소년은 먹잇감이 되거나 꼬붕이 되기에 십상이다. 나는 피식자 쪽이었다. 하굣길에 내 머리에 우유를 붓고 지나가던 동급생이 시작이었다. 얼마간 심한 괴롭힘을 당했다. 조모의 손에서 자란 덩치 큰 태권도부 아이. 안쪽의 무언가가 부서지고 망가지는 감각을 떨쳐내기 위해 가해자의 서사를 이해하려는 알량한 노력을 했다. 가혹한 자기기만이었다.

그러던 어느 날 거짓말처럼 폭력이 멎었다. 타겟을 바꾼 건가? 진짜 이야기는 따로 있었다. 엄마가 그 아이를 집에 데려와 밥을 해 먹였다는 사실을 뒤늦게 알았을 땐 정말로 무언가가 산산조각나는 기분이었다. 아들을 괴롭히던 아이를 집에 초대해 식사를 차려준 엄마의 마음은 어떤 것이었을지.

오래전 어느 날의 술자리에서 누군가 농담 삼아 물은 적 있다. "너 학교 다닐 때 맞고 다녔지?" "진짜면 어쩌려고 그런 걸 물어?" 웃으면서 받아쳤지만 뭔가를 헤집는 것 같던 감각이 남아있다. 유재영 작가의 『진술인』에는 다음과 같은 주인공의 독백이 나온다.

어떤 일은 평생토록 끝나지 않기 때문이겠지요. (……) 오래도록 그 기분은 지속되었습니다.[1]

악보는 볼 줄 아냐

◇◇◇◇◇◇◇◇◇◇◇◇◇◇◇◇◇◇

때는 2007년 겨울. 고3을 목전에 두고 있던 나는 일생일대의 결정을 (내 멋대로) 내렸다. 엄마는 설거지를 하고 있었다.

"엄마에겐 두 가지 선택지가 있어."

"말해."

"하나, 나를 자퇴시킨다."

"……."

"둘, 음악을 시킨다."

"망나니 새끼."

접시를 든 손이 파르르 떨리는 것을 보며 우선 일 보 후퇴했다. 당시 나는 평균적인 대한민국 고등학생과는 아주 거리가 먼 삶을 살고 있었고, 그걸 한마디로 정리하면 '망나니'였다. 늦게 배운 도둑이 날 새는 줄 모른다는 옛 어른들의 말은 옳았다. 나는 뒤늦게 내 앞에 굴러온 반항의 열매를 달게 맛보고 있었다. 무렵의 루틴은 다음과 같았다.

1. 출근길의 아버지가 나를 교문 앞에 내려준다
2. 아버지의 트럭이 시야에서 사라진다
3. 몸을 돌려 집으로 되돌아간다

아무도 없는 빈집에서 나는 온종일 영화를 보거나 책을 읽었다. 시간은 무한했다. 볼거리는 보다 죽을 만큼 많았다. 왕가위와 이누도 잇신, 미셸 공드리와 박찬욱의 필모그래피를 사랑하게 되었다. 온다 리쿠와 미야베 미유키, 요시다 슈이치와 무라카미 류를 외울 정도로 읽었다. 공교육을 개똥만큼이나 우습게 알았던 수많은 아티스트에게 경도됐다. 과잉된 자의식에 젖은 채로 '나도 학교 따위 집어치우고 예술을 할 거야'라고 다짐했다. 무단결석을 발각당한 것은 머지 않아서였다. "이대로라면 수업 일수가 모자랄 것"이라는 담임의 전언에 엄마는 뒷목을 잡았다.

"어릴 땐 반항 한 번 않더니, 인제 와서 대체 왜 이래."

엄마, 안 한 게 아니라 못한 거야. 그녀는 그악스러운 여자였다. 어릴 적엔 학습지를 한 장만 밀려도 집안이 뒤집혔다. 팬티 바람으로 질질 짜며 집 앞에 서 있는 나를 구몬 선생님이 데리고 들어올 적도 있었다. 엄마는 거의 염불을 외듯 말했다. "아파도 조퇴는 없어. 죽어도 공부하다 죽어." 그런 협박은 솜털이 보송

보송할 때나 가능했다.

늦게 도착한 사춘기는 더 많은 번민과 반항의 씨앗을 품고 왔다. 착한 아이 콤플렉스에서 벗어나야 할 때였다. 유사 이래 부모로부터 정서적 독립을 못 한 종자들이 얼마나 끔찍한 결말을 맞이해왔던가. 끝내 벌레가 된 그레고리 잠자처럼 사느니 홀든 콜필드 같은 개망나니가 되는 게 나았다. 아무려나 이유를 모르는 엄마만 길길이 날뛰었다. "대체 왜 이러냐고." 이유는 심플했다. 그냥,

공부 못하겠어.

O고는 명문대 진학률이 높은 사립고였다. 고입선발 고사를 치르고 성적순으로 인문계에 가던 시절이었다. 졸업생 대표로 학업 우수상을 받으며 중학교를 졸업한 나는 온갖 학교에서 몰려드는 러브콜을 제치고 그곳을 택했다. 다름 아닌 기숙사 때문이었다.

로망이 있었다. 불타는 학구열을 다지며 끈끈해지는 학우들과의 동료애, 앞에서 끌어주고 뒤에서 밀어주는 친절한 선배들, 엄마처럼 때로는 아빠처럼 나를 보듬어주는 사감 선생님. 청춘 드라마를 너무 본 거지. 개꿈에서 깨어나는 데엔 그리 오래 걸리지 않았다. 같은 중학교에서 올라왔거나 학원에서 만났다던 아이들은 이미 저들끼리 삼삼오오 짝을 이루고 있었다. 서쪽 학군에서 홀로 진학한 나는 또 이방인 신세였다. 선배들 대부분은 개자식이거나 위선자였고, 사감은 돈독이 바짝 오른 날건달이었다.

더 큰 문제는 따로 있었다. 난생처음 접하는 고등 교과 과정을 도저히 따라갈 수 없었다. 밤새워 〈수학의 정석〉을 읽어도 문제가 풀리지 않았다. 고전 시가는 나의 한국 국적을 의심케 했다. 수식어가 덕지덕지 붙은 긴 영어 문장은 단어의

나열로만 보였다. 이거 충격인걸. 이제껏 영재 소릴 들으며 자라왔는데. 학교 대표로 뽑혀서 지역 방송 퀴즈 쇼에도 출연한 이력이 있는데. 어쩌면 사실 나는 돌대가리였던 게 아닐까? 자괴감을 가지고 주변을 돌아보면 머리를 박박 민 열일곱 살짜리들이 수능 기출 문제를 척척 풀고 있었다. 일체의 사교육 없이 1등을 도맡아 했던 나는 선행 학습의 중요성을 몰랐다. 엄마도 마찬가지였다. 그녀는 그때의 일을 두고두고 미안해한다. "엄마도 처음이라 몰랐어. 다시 낳으면 정말 잘 키울 텐데." "엄마." "응." "난 다시 안 태어나고 싶어."

학습의 격차는 걷잡을 수 없이 벌어졌다. 당연한 일이었다. 드라마 〈안나〉에는 이런 대사가 나온다. "똑똑하다는 말 듣고 자란 애들은 자기가 쓸모없어졌다는 생각에 몹시 취약해요." 내 쓸모는 전 과목 1등급이 찍힌 성적표여야 했다. 나는 채 반년도 못 되어서 기숙사에서 뛰쳐나왔다. 쫓겨나기 전에 발을 뺀 셈이었다. 학기가 끝난 뒤 전교 30등 밖으로 밀려난 학생들은 짐을 싸야 했으므로. 예나 지금이나 나는 지독한 회피형 인간이다. 돌이켜보면 그 또한 자기 불구화 전략에 불과했다.

등교 거부를 제지당한 후로 나는 몹시 침울해졌다. 엄마는 한 번만 더 학교를 빠지거든 "너 죽고 나 죽는 줄" 알라 했다. 나만 죽이지 엄마는 왜 죽나. 교실에 앉아는 있었으나······ 앉아만 있었다. 수학 시간엔 해리 포터를 읽다가 얻어맞았다. 야자 시간엔 시나리오를 쓰다 쥐어 터졌다. 공부는 죽기보다 하기 싫었다. 교과서를 합법적으로 등한시할 기회는 의외로 가까운 곳에서 찾아왔다.

2학년 2학기가 시작될 무렵, 음악 선생님이 휴직계를 냈다. 인상이 험상궂고 말수가 적어 지휘봉보다는 야구 배트가 어울리는 남자였다. 지병 때문이라 했던

가. 아무려나 반응은 시큰둥했다. 학생들 대부분이 음악실을 찜질방 수면실쯤으로 여기던 때였다. 판도가 뒤바뀐 것은 임시 교사가 대학을 갓 졸업한 여자 선생님이라는 사실이 밝혀진 이후부터였다. 늙은 두꺼비들만 가득한 사립 남고에서 젊은 여교사의 출현은 센세이션이었다. 삽시간에 팬덤이 만들어졌다. 피아노 건반 개수도 모르는 것들이, 음악 시간을 점심시간만큼이나 기다렸다.

나도 마찬가지였다. 다만 종류가 다른 기대감이었다. 또래의 수컷들이 단순히 다른 생물학적 성염색체에 열광하는 동안, 나는 종종 그녀가 들려주는 토막 난 연주에 매료되었다. 바흐와 쇼팽과 드뷔시 같은 것. 피아노 학원을 즐겁게 다녔던 어린 시절이 떠올랐다. 어느 날 그녀가 수업시간에 틀어준 드라마 〈노다메 칸타빌레〉를 보던 중 나는 결심했다.

"음대 가려고요."

"악보는 볼 줄 아냐?"

담임은 귀를 후비적대며 물었다. 플랫 일곱 개 붙은 것도 볼 줄 아는데요. 말대꾸를 하고 싶었으나 손에 들린 몽둥이를 보고 참았다. 야자와 보충 수업을 빼기 위해서는 그의 허락이 필요했다. 음악 선생님의 도움으로 레슨 선생님도 구한 터였다. 이 험난한 세상에 자식을 중졸로 남겨놓을 수 없던 엄마도 마지못해 나의 노선 변경을 허락했다. 담임만 유난이었다.

"피아노 좋아하네. 너 그거 해서 서울대 갈 수 있어?" 서울대는 2호선 타면 가는데요. 주변 선생님들도 하나둘씩 거들었다. "공부해라, 그냥. 머리도 있는 놈이." 머리통 안 달린 인간도 있나요. "돌아온 탕아가 예술가가 되려 하네." 아, 확 그냥 다시 돌아가 버릴까……

담임은 사유서를 써주었다. 단, 조건이 있었다.

"다음 콩쿨에서 1등 해와. 안 그러면 음대 못가."

바둑 한 달 배우고 이세돌한테 이겨보란 소리로 들렸다. 대꾸할 기운조차 없었다. 그래도 대답은 해야 교무실에서 벗어날 수 있었다. "네." 1등 못하면 당신이 어쩔 건데. 그래도 연습은 정말 열심히 했다. 반드시 1등 상을 받아 더는 내 앞길에 감 놔라 배 놔라 못하게 만들리라. 물론 그런 생각도 없지 않았지만…… 그저 순수하게 피아노를 치는 게 좋았다. 나는 그 나이 먹도록 옷도 엄마가 골라주는 대로 입고 다니던 쪼다였다. 그러니까 처음이었다. 내가 원하는 무언가를 내 손으로 선택한 일이. 엄마는 '명문대 졸업 후 번듯한 직업을 가질 큰아들'의 청사진이 박박 찢어진 것을 못내 아쉬워했다. 전교 일등 하던 아들내미 덕에 끗발 서는 줄 알았더니, 알고 보니 개패였던 거지.

그러나 나는 말할 수 있다. 한 인간의 정서적 성장이란, 부모의 기대를 완전히 저버림으로써 시작되는 것이라고.

이듬해 봄, 시 교육청에서 주최한 음악경연대회에서 나는 1등을 했다.

소주 한 잔만큼의 속도

대학원 입시를 결심했을 때, 주변의 그 누구도 나를 지지해준 사람은 없었다. 학부를 마친지 자그마치 삼 년이 지난 시점이었다. 서른이 코앞이란 뜻이었다.

졸업 후 한동안은 먹고 살기 바빴다. 가릴 것 없이 일만 했다. 전역과 동시에 시작했던 학원 강사를 본업 삼아 온갖 아르바이트를 전전하던 시절이었다. 늘 돈에 허덕였다. 카드값, 월세, 통신비, 보험료, 자동차 할부금 따위가 끊임없이 총탄이 채워지는 리볼버처럼 매달 내 통장을 겨눴다. 사치를 일삼거나 명품을 사들인 것도 아닌데. 분수에 맞게 입고 한도에 맞게 들었는데. 그럼에도 언제나 밑 빠진 독이었다. 삶이 서바이벌 게임에 가까웠다.

한순간 덜컥 겁이 났다. 전투를 치르듯 살아왔는데 손에 쥔 전리품 하나 없다니. 때마침 길고 지난했던 연애 하나가 끝장난 참이었다. 끝났다기보단 박살 났다는 표현이 맞을 정도로 처참했다. 계좌 잔고와 씨름하느라 번듯한 데이트 한 번 못 해봤다는 생각이 그제야 들었다. 그렇다고 뭐 그럴듯한 워커홀릭 흉내를 내보았냐 하면 그것도 아니었다. 돌이켜보면 이십 대 끝자락의 내게 남아있던 건 몇 번의 망한 연애와 미수에 그친 짝사랑, 그리고 그 모든 걸 가능케 했던 서투른 자기혐오뿐이었다.

감각하지 못하고 살았던 시간이 돌부리처럼 튀어나와 나를 넘어뜨렸다. 휘청대는 순간마다 허깨비가 나타났다. 제대로 된 연애도, 좋아하는 일도 못 해본 채 인생을 종치게 된 시시한 늙은이의 모습. 사랑했던 모든 것들에 죄다 버림받고 차악을 최선으로 여기는 삶. 그런 게 내 미래가 될까 두려웠다. 동태 눈깔을 하고서 생업에 골몰하는 동안 까마득했던 삼십 대가 벌컥 문을 연 채 손짓하고 있었다. 어쩌다 이렇게 넙죽넙죽 나이만 먹었지? 맛도 없고 영양가도 없는데. 이대로 괜찮은 걸까? 물론 하나도 안 괜찮았다. 가진 것도 이룬 것도 없이 나이만 먹는 게 억울해 술도 먹기 시작했다.

"술 좀 작작 마셔, 작작."

"불행해. 이건 내가 원하는 삶이 아니야."

"원하는 삶이 뭔데?"

그 대목에서 나는 한동안 테이블 귀퉁이 같은 델 노려보곤 했다. 물론 극적인 효과를 위해서였다.

"예술가?"

"자의식 과잉인걸."

"다시 할 거야, 음악."

대학원에 진학하겠다는 선언을 들은 사람들의 반응은 한결같았다. "대체 뭐 해먹고 살려고?" 질문을 가장한 힐난이었다. 그들은 음악을 '한다play'는 말을 문자 그대로의 '놀음'쯤으로 여겼다. 그러니까 제대로 된 '삶'과 대척점에 있는 것. "현실 감각을 좀 가져." "아직도 꿈을 먹고 사니?" "남들처럼 평범한 직장 생활이란 걸 해볼 생각은 없어?" 여기저기서 폭죽놀이처럼 핀잔이 터져 나왔다. 애정 어린 조언이란 걸 모르지 않았으나…… 내 돈 내고 내가 가겠다는데 왜 지랄일까 싶은 사나운 마음이 왈칵 들었다. "차라리 교육대학원을 가." 만류하는 선생님의 의견도 묵살한 채 나는 석사생의 신분으로 다시 학교 주차증을 끊었다.

학부 때와 달리 만만치 않은 커리큘럼이었다. 품위 유지를 위해서는 일도 멈출 수 없었다. 다만 공부에 집중하기 위해서는 시간에 구애받지 않아야 했다. 고정 수입원이었던 학원을 과감하게 그만두고 'N잡 프리랜서'가 되었다. 평일 밤에 나가던 바 아르바이트를 주말로 옮겼다. 영어 과외며 피아노 레슨을 늘렸다. 인맥을 통해 합창단이며 성악 클래스의 반주자 자리를 따냈다. 돈이 되기만 한다면 연주든 반주든 닥치는 대로 받아 무대에 섰다.

하루 치 밥벌이가 끝나면 학교로 향했다. 한밤의 연습실은 귀신이 나와도 좋을 만큼 캄캄했다. 새벽 동이 틀 때까지 악보와 씨름했다. 고된 나날들이었다. 그래도 피아노 앞에 앉는 게 좋았다. "진짜 뭐 해 먹고 살려고 그래?" 구름 위를 걷는 동안 누군가 밑에서 발목을 잡아채기도 했다. "지금처럼만 살아도 괜찮아." 틀린 말은 아니었다. 돈이 되는 무대는 어디에나 있었으니까. 그러니 그저 열심히 페달을 밟다 보면…… 정상까지는 아니어도 적당한 곳에 발 뻗을 자리 하나쯤 있지 않을까. 그렇게 자위했다. 걱정을 미래로 유기했다. 불안감이 다른 쪽 발목까지 휘감을 때면 내가 가는 길이 옳다고 맹목적으로 믿었다. 믿는 척했다.

발밑이 꺼지는 순간은 생각보다 일찍 찾아왔다. 인생은 깜찍한 낙관만으로 굴러가는 세발자전거가 아니었으므로. 내가 간과한 건 수요와 공급의 불균형이었다. 돈이 되는 무대는 어디에나 있었고, 나만큼의 대체재도 어디에든 있었다. 이 바닥에서 끝내 살아남기 위해서는 뛰어난 실력을 갖추거나 남다른 인맥을 가져야 했다. 불행히도 나에게는 둘 다 없었다. 내가 맡고 있던 반주 수업은 영문도 모른 채 다른 이에게로 넘겨졌다. "이제 아이가 학업에 집중해야 해서요"로 시작하는 레슨 중단 통지를 줄줄이 받게 되었다.

무렵의 어느 날, 한 술자리에서 선생님은 말씀하셨다. "남자 나이 서른이면 돈 벌 때야, 공부할 때 아니고." 충고라기보단 경고에 가까웠다. 대체 좋아하는 것들을 얼마나 더 잃어야 어른이 되는 걸까. 잠깐 입맛이 썼지만, 쓰다고 뱉을 수 있는 나이는 오래전에 지났음을 알았다. 불행 중 건질 만한 다행 하나는 있었다. 생애 곳곳에서 덤벼드는 결정에 충동으로 맞서는 건 나의 유일한 장기 중 하나였다. 그 순간 나는 건반 앞을 떠나기로 결심했다. 큰소리 치며 입학한 지 꼭 삼 개월 만의 일이었다. 포기는 그렇게나 빨랐다. 딱 소주 한 잔만큼의 속도였다.

우리도 몸 팔아 돈 버는데요

◇◇◇◇◇◇◇◇◇◇◇◇◇◇◇◇◇◇◇◇◇

고졸 출신인 P는 중학교 동창들 사이에서 '자수성가의 아이콘'으로 불렸다. 난데없이 대학을 중퇴하고 전자제품 판매원으로 일하던 그는 어느 날 난데없이 헬스 트레이너가 되었다. 그러던 어느 날 또 난데없이 피트니스 센터 하나를 뚝딱 차리더니 명함을 들고 나타났다. 그 난데없는 어느 날들 사이에서 그가 무수하게 흘린 피와 땀과 눈물, 그리고 그 끝에 이룩해낸 찬란한 성공 신화는 하찮은 월급쟁이 대졸자들의 정신을 고양시키기기에 충분했다. 때마침 구루마에 실린 채로 인생의 내리막을 굴러가던 나는 어느 초겨울 오후 그와 독대하게 된다. 교수님께 자퇴 의사를 밝히고 얼마 지나지 않아서였다. 우리는 돼지국밥 두 그릇과 소주 한 병을 앞에 두고 마주 앉았다.

"우리 대표님, 연봉은 얼마 정도 되시나."

염치도 차릴 체면이 있을 때야 챙겨지는 법. 수치심도 잊을 만큼 당시의 나는 절박했다. 철모르고 꿈만 좇던 내 나이 어느덧 서른, 그야말로 닭 쫓던 개 신세였다. 그렇다면 다음은? 개처럼 일하고 개같이 벌어야 마땅했다. 눈알을 굴리며 셈을 하던 P는 억 소리 나는 액수를 뱉었다.

"나도 하나 차려봐?"

"좋지. 그 전에 내 밑에서 좀 배우고."

예상치 못한 전개였다. '배운다'는 말의 뉘앙스도 썩 마뜩잖았다. 그러나 염치를 잃은 인간이 자존심까지 챙기려 들었다간 거지꼴을 면하지 못할 터. 빠른 순간 위계가 만들어졌다. 나는 양손으로 P의 잔을 채웠다.

"이 집은 소주도 맛있네."

"한 잔 더 받으시죠, 대표님."

축구팀인 줄로만 알았던 FC는 피트니스 카운슬러(Fitness Counselor)의 약자였다.

"간단하게 말하면 회원 관리예요. 기존 회원들 불편함 없이 케어해주시고, 신규 방문객들 등록 유도해주시고."

"등록 유도요?"

"처음 방문하신 분들 센터 투어 시켜드리잖아요? 그리고 나서 회원권 안내할 때 무조건 붙잡으셔야 해요."

"못 하면…… 다시 안 오나요?"

"확률이 많이 떨어지죠. 이 동네에 헬스장이 몇 갠데. 그러니까 상담이 관건이에요."

'상담'이라는 대목에서 J는 입 앞에 대고 손바닥을 몇 번 오므렸다 펴는 제스처를 보였다.

"아무래도 카운슬러니까."

카운슬러 좋아하고 앉아있네.

말이 좋아 카운슬러지 상담은커녕 온갖 잡무를 도맡아 하는 머슴에 불과했다. 변기를 닦거나 센터 곳곳을 청소하는 일부터 시작해서 자판기에 넣을 프로틴 음료를 발주하고 회원용 개인 락커에 이름표를 붙이는 일까지. 어떤 날은 온종일 휴게실에 처박혀 눈알이 빠지도록 지출 명세서와 영수증을 대조하기도 했다. 그뿐인가. 홍보 시간에는 블로그 포스팅을 하거나 외부로 나가 전단을 돌리고 현수막을 걸고 다니는 등, 대중없는 업무 탓에 넌더리가 날 지경이었다. 전단 좀 그만 꽂으라는 항의 전화나 불법 옥외광고물 게시로 신고 접수되었다는 시청 직원의 연락은 처음에나 무서웠지 금세 우스워졌다.

FC의 업무의 '꽃'이라 할 수 있는 영업 일도 적성과는 거리가 멀었다. 나는 번번이 사람들의 신용카드를 건네받는 데 실패했다. "전망 보이시죠? 러닝머신 뛰면서 오션뷰 볼 수 있는 곳은 저희밖에 없거든요." "너무 예쁘다." "지금 등록하시면 건식 반신욕기도 무료로 이용하실 수 있어요." "좋네요. 금액이 어떻게 되죠?" "인포 데스크로 가실까요?"

그러나 테이블에 계약서를 놓고 마주 앉은 순간부터 그들은 가격을 흥정하려 들었다. "회원님, 지금 6개월에 30만 원 해드리고 있거든요." "생각보다 비싼데요." 그쯤 되면 목구멍까지 이런 말이 차오르곤 했다. 아니…… 대체 얼마까지 알아보고 오셨는데요? 한 달에 오만 원, 하루 이용료로 따지면 1,785원꼴이었다. 만만한 게 헬스장이라 이거지. 눈썹 문신과 네일 아트에 돈을 아끼지 않는 사람들이 몇 푼 안 되는 센터 이용료에 야박하게 구는 게 웃겼다. 별수 있나. 웃으면서 보내드리는 수밖에 없었다.

"이래서야 이번 달 목표액 채우겠어요?"

대표는 종종 엑셀 창이 띄워진 모니터를 보며 면박을 주었다. 월말이 다가올수록 핀잔의 농도는 짙어졌다. 미등록 회원들의 전화번호가 저장된 총천연색의 DB 파일을 노려보며 머리를 쥐어뜯는 날들이었다. 빨간색, 거부. 노란색, 보류. 파란색, 긍정. 어제 '긍정'했던 인간들은 전화 좀 하지 말라며 역정을 내기 일쑤였다. 붉게 칠해진 이름들은 영원히 바뀌지 않는 멈춤 신호 같았다. 실적에 대한 압박으로 숨통이 조여올 때면 넥타이를 느슨하게 풀었다. 망할 놈의 트레이너들은 근 손실 타령을 하며 술도 같이 안 마셔줬다. 홀로 닭가슴살을 안주 삼아 소주를 마시며 신용카드 리볼빙 서비스를 신청했다. 쥐꼬리만 한 인센티브에 목매다는 고단한 영업직의 삶. 그건 내가 막연히 그려왔던 새로운 인생 2막의 어느 페이지에도 묘사되지 않은 장면이었다.

"누나, 나 또 최저 시급도 못 받게 생겼다."

"방법이 있지."

잔뼈 굵은 직장 선배이자 정신적 지주였던 S는 닭국수를 먹다 말고 내 어깨를 두드렸다. 호언장담하는 태도가 영 수상했는데 아니나 다를까, 그녀는 극약 처방을 내렸다.

"가족, 동창, 모임, 친구, 친구의 친구까지. 오늘부터 싹 다 작업 들어가."

"나 그런 거 못 해."

"지랄하네. 평생 수습만 할래?"

나는 합죽이가 되었다. 입사한 지 어언 6개월. 그때까지도 '수습 FC'를 벗어나지 못한 탓이었다. 그건 내가 반년 동안 단 한 번도 목표 매출액의 백 퍼센트를 달성해본 적이 없다는 의미였다. S는 "이번에도 수습 딱지 못 떼면 죽을 줄 알라"며 으름장을 놓았다. 나는 그녀가 한때 도 대표 태권도 선수였다는 사실을 기억해내며 고개를 끄덕였다.

"야, 오랜만이다. 잘 지냈어? 나야 뭐…… (멋쩍은 웃음) 먹고 살기 바쁘지." 전화번호부를 탈탈 털어 매출액을 메우는 동안 인간으로서의 품위와 자존감은 점차 깎여나가는 듯했지만…… 이러다 어디 가서 김치 한쪽도 못 얻어먹고 죽으면, 그건 뭐 존엄사인가.

"자존심 팔아 돈 버는 기분이야."

K는 호탕하게 웃었다. 그는 수개월째 센터 내 매출 1위를 자랑하는 트레이너였다.

"형님, 우리도 몸 팔아 돈 버는데요 뭐."

그는 아침부터 저녁까지 쉴 새 없이 수업하고도 일일 2회 개인 운동 시간까지 악착같이 챙기는 독종이었다. 고까운 삶에 기꺼이 맞서 투쟁하는 것이 어른의 포즈라면 나는 아직 흉내도 못 내 보고 있는 것인가. 문득 지난달 슬쩍 훔쳐봤던 K의 페이롤 파일이 떠올랐다. 나의 석 달 치 급여에 육박하는 액수가 적혀 있었다. 나는 넌지시 물었다. "트레이너 하려면…… 술 끊어야 되냐?"

그러나 가까스로 정직원 명찰을 단지 두 달 만에 나는 사직서를 던지게 된다.

"지가 조폭이야? 사납금을 왜 자꾸 올리냐고."

P가 제시하는 목표 매출액은 달이 지날수록 높아졌다. 기준도 대중도 없었다. 주변에 즐비한 다른 센터들과 비교해봐도 터무니없는 금액이었다. S와 나는 근무 도중 함께 몰래 흡연 구역으로 기어들어 가는 횟수가 늘었다. "누나, 저 새끼

미친 거 맞지?" "미친 새끼지."

무렵의 P와 마찰이 잦아진 이유도 한몫했다. 이상한 비유 같지만 뭐랄까, 당시 우리의 관계는 몰래 사내연애를 하는 커플에 가까웠다. 다른 사원들 앞에선 말끔하게 대표와 직원 롤플레잉을 하다가도 단둘이 있을 때면 십오 년 지기답게 격 없이 굴곤 했다. 먼저 룰을 깬 건 나였다. P에게서 종종 보이는 낯선 모습들은 좋지 못한 의미로 생경했다. 그는 손바닥 뒤집듯 업무 지시를 번복하고서도 시치미를 뗐다. 퇴사한 직원의 급여를 한 달 넘도록 정산하지 않아 노동청의 연락을 받기도 했다. 파렴치나 몰염치, 그런 지저분한 명사들을 모아 빚으면 P라는 인간이 만들어지는 꼴이었다. 어느 날엔가는 회의 도중 다음과 같은 발언으로 모두를 기함하게 하는 일도 있었다.

"다들 일 이따위로 할 거예요? 돈 안 벌고 싶어요?"

밉다 밉다 하니까 미운 짓만 골라 한다는 할머니 말씀은 맞았다. P는 아침마다 카톡으로 유튜브 클립을 전송했다. 〈영업의 귀재가 되는 법〉. 〈돈 잘 버는 세일즈 기술 7가지〉. 안 해도 될 말을 덧붙여 뚜껑 열리게 하는 재주도 대단했다. "성공하셔야죠. 그러려면 공부하셔야죠." 가방끈으로 머리도 못 묶을 주제에 누구더러 공부 타령? 기가 찼지만 나름의 학벌 콤플렉스인가보다 싶었다.

결정적인 순간은 따로 있었다. 언제부턴가 P는 업무 일과표에 '독서 시간'을 배치했다. 그놈의 공부 타령을 후렴까지 부른 셈이었다. 아무려나 저에게 돈 주고 책 읽는 시간까지 주시다니. 그건 P가 태어나 (나에게) 유일하게 잘한 일인지도 몰랐다. 그는 자기 계발서나 영업 비법서 따위를 추천했다. 나로 말하자면 남이 권하는 건 일단 덮어놓고 안 듣는 반골이었다. 하루는 당시 아껴 읽던 시집 한

권을 가져갔다. 미간을 찌푸리며 책 표지를 훑던 P는 한심하다는 투로 말했다.

"이런 쓸데없는 것 좀 읽지 말아요."

프로틴을 지나치게 처먹었는지도 몰랐다. 혹은 통장에 갑자기 너무 많은 돈이 꽂히면…… 사람이 저렇게 되기도 하나? 이해의 영역에서 벗어난 타인을 미워하기는 쉬웠다. 나는 기분을 드러내기 시작했다. 회의 시간엔 딴지를 걸고 회식 자리에선 따로 테이블을 잡았다. 업무 외 시간에 오는 연락을 받지 않았다. 단둘이 놓이게 되는 상황을 피했다. 대답은 간결하고 태도는 뻣뻣해졌다. (이쯤 되니 정말로 망한 사내 커플의 이야기가 아닐 수 없다.) 감히 그랬다. P는 나의 영악함을 잘 알았다. 잃을 게 많은 쪽이 입을 닥쳐야 한다는 산수쯤은 그도 어렵지 않게 했을 거였다. 우리는 불손과 모멸을 은근하게 주고받으며 긴 우정의 종지부를 향해 달렸다.

어느 볕 좋은 날, 나는 인포 데스크에 홀로 앉아 머리통 위로 쏟아지는 햇살을 받으며 뜨거운 정념에 휩싸였다. 때마침 직원 대부분이 홍보차 밖으로 몰려나간 참이었다. 대표는 맞은편 GX룸에서 노트북 자판을 두드리고 있었다. 나는 S에게 전화를 걸었다.

"누나, 나 먼저 가."

"뭔 소리야."

"조만간 내가 죽든지 저 새끼 죽이든지 할 거 같아서."

그녀는 길게 한숨을 쉬었다.

"그래. 여기까진 것 같다."

같은 교복을 입던 시절을 공유했다는 사실만으로 우정이 유효할 순 없었다.

하물며 갑을 관계가 성립되고부터야 더 말할 것도 없었다. 퇴사 소식을 들은 Y는 뒤늦은 충고를 전했다. "친구끼리 하는 거 아냐." "뭘." "같이 사는 거, 일하는 거." 나는 한동안 목에 핏대를 세우며 P를 험담하고 다녔다. 선량한 고용인과 악덕 업주. 써먹기 좋은 프레임이었다. 무고한 피해자의 자리에 나를 위치시키는 것만이 속 좁은 내가 할 수 있는 변변찮은 복수였다.

시간이 흐르고 마음이 조금 넉넉해지자 다른 방식으로 뒤를 돌아보게 되었다. 뭐랄까, 자기에게 이런 이야기가 있는 것을 아는 것처럼 그 누구에게도 저런 이야기가 있다는 것을 충분히 알았다면 도저히 용서할 수가 없다는 식의, 건강에도 나쁜 생각은 하지 않았을지도 모르는데. 어쩌면 P와 나는 그저 이해관계가 달랐을 뿐인지도 몰랐다. 다만 우리는 타인의 삶을 이해하기엔 몹시 미숙했고, 그래서 기어이 서로에게 얼룩을 남길 수밖에 없었던 거라고.

너절한 이별의 목록에 또 하나의 이름이 추가되었다. 나는 오랜 친구 하나를 잃었다. 남은 건 돈밖에 없었다, 고 말하고 싶지만 그러지도 못했다.

8개월 남짓한 재직 기간 동안 나의 평균 월급은 정확히 1,441,912원이었다.

가끔은 생을 혐오하더라도

◇◇◇◇◇◇◇◇◇◇◇◇◇◇◇◇◇◇◇◇◇◇

여기 한 여자가 있다. 이름은 카와지리 마츠코. 직업은 중학교 교사. "노래도 잘하고 인기도 많았던" 그녀는 그러나 어느 날 제자가 일으킨 절도 사건으로 억

울하게 사직을 강요받는다. *"그 순간 인생이 끝났다고 생각했습니다."* 그렇게 가족을 버리고 집을 뛰쳐나온 여자. 이후 그녀의 일생은 완전히 엉망진창이 된다.

마츠코의 첫 애인, 동거하던 작가 지망생은 그녀의 눈앞에서 목숨을 끊는다. 얼마 지나지 않아 그의 동료와 불륜을 저지르지만 그 또한 짧은 바람에 불과했다. 홧김에 마사지 숍에 취직해 잘 나가는 호스티스로 이름을 날리는가 싶었으나 어리고 젊은 육체들에게 "눈 깜짝할 새에 뒤처져" 해고당한다. 낙심한 그녀에게 다가와 "둘이서 한밑천 벌어 보자"고 제안한 날건달은 반년 만에 그녀를 퇴물 취급한다. "이런 쭈글쭈글한 여자를 어떤 남자가 안고 싶겠어?" 마츠코는 그의 복부에 수차례 칼을 찔러 넣는다. *"그 순간, 이번에야말로 인생이 끝났다고 생각했습니다."* 자살에 실패한 그녀는 경찰에게 붙잡혀 8년간 감옥 신세를 지게 된다. 그렇게 복역을 마친 뒤에는 야쿠자가 되어 그녀 앞에 나타난 제자와 기어이, 속절없이, 결국, 또다시, 사랑에 빠지고 마는 마츠코. 불나방처럼 번번이 사랑에 덤벼든 그녀의 삶에 남은 것은? 시시한 죽음뿐. 나카시마 테츠야 감독은 그 박복한 생에 이런 제목을 붙인다. 이름하여 〈혐오스런 마츠코의 일생〉.

전쟁 같은 취업 시장에 갓 뛰어들 무렵, 내가 가진 스펙이야말로 시시하기 짝이 없었다. 국립대 예술디자인학부 음악과 졸. 대한민국 육군 만기 병장 전역. 제1종 보통 운전면허 취득⋯⋯.

자소서야 지어내면 그만이라지만 이력서는 사정이 달랐다. 꾸며낼 수도 없는 이력 앞에서 나는 한없이 무력해지는 기분이었다. 나 정말 죽도록 취업을 하고 싶긴 한데, 근데 내 이력서는 왜 이렇게 깨끗하지?

누구보다 열심히 살았다고 자부했다. "애는 안 해본 일이 없어"에서 주로 "애"를 맡았다. 그럼에도 왜 번번이 서류 전형에서 떨어지는데? 그땐 몰랐다. 핵심은 따로 있다는 걸. 귀여운 액수의 돈을 벌기 위해 내가 닥치는 대로 해왔던 일들, 그건 결코 세상이 원하는 스펙이 아니었다. 사람들은 일찍이 생업 전선에 뛰어들었던 "애"보단 이력서의 글자 수가 더 빽빽한 "쟤"를 선호했다. 면접장에서 내 옆에 앉았던 "쟤"들은 하나같이 명문대에서 석사를 땄거나 학창시절을 외국에서 보낸 구직자들이었다. 품종이 달랐다. 그렇다고 내가 뭐 대단한 곳엘 면접을 보러 다녔느냐 하면 결코 아니었다. 다짜고짜 전화해 당일 면접을 제안하거나, 엘리베이터도 없는 낡은 빌딩 꼭대기에 위치한 수상한 회사들이 태반이었다. 놀랍게도 그랬다.

"쟤들" 앞에서 돌잔치 하객처럼 웃던 면접관들은 내 이력서를 보자마자 표정을 갈아 끼웠다. "음악을…… 전공하셨네요?" 그건 내가 오래전에 들었던 물음과 비슷했다. 그러니까 질문을 가장한 힐난. 나는 저지르지도 않은 일을 허위 자백하는 사람처럼 주눅이 들어 횡설수설했다. 좋아하는 일을 좋아서 했을 뿐인데, 그게 꼭 추궁당해야 할 죄라도 된 것처럼 그랬다.

면접을 망치고 귀가하는 길엔 실존적 불안에 빠졌다. 남들은 토익 점수 올리고 자격증 따러 돌아다니는 동안 나는 잘도 고급 취미를 즐기며 허송세월했구나……. 그 와중에도 인스타그램 속 누구는 수제 맥주 사업으로 대박을 터뜨렸다. 레지던트를 마치고 전문의가 되었다. 미용실을 차렸다. 공무원 시험에, 교사 임용고시에, CPA에 합격했다. 시시한 인생은 나한테 뒤집어씌우고 니들만 승승장구한다 이거지. 열패감에 젖어 대가리를 창에 처박으면 지하철은 난데없이 지상으로 튀어 나가 한강 위를 달렸다. 강물 위로 반사된 햇빛에 눈이 부셨다. 그대로 몸을 던지면 딱 좋겠다는 생각뿐이었다.

집으로 돌아오면 노트북을 켜놓고 괴로운 정념을 쏟아냈다. 주로 통렬한 반성이나 구질구질한 자책이었다. 아무 데도 갈 곳 없는 날이면 온종일 누워만 있었다. 자다 깨다 선잠을 반복했다. 겨우 정신이 들면 소주를 사 들고 왔다. 초밥이며 대게, 치즈 가리비구이 같은 값비싼 안주를 한 상 가득 부려놓고 술을 들이켰다. 무직자에게도 돈을 빌려주는 소액 대출은 많았다. 그게 다행인지 불행인지 재보다가 취했다. 다시 침대에 누우면 내일이 오는 게 무서웠다. 뭐라도 될 수 있을 것 같은 마음을 복권처럼 쥐고 살았는데, 까놓고 보니 다 꽝이라니. 어디서부터 무엇을 어떻게 바로잡아야 할지도 몰랐다. 어디에도 내 자리는 없는 것 같았다. 한동안 난민 같은 마음으로 살았다. *"그 순간 인생이 끝났다고 생각했습니다."* 누구보다 나를, 내 생을 혐오했던 시간이었다.

이제야 겨우 과거가 되었다.

처음 마츠코를 안았던 남자들은 끝내 그녀를 때렸다. 단 하나도 예외 없이 그랬다. 그러나 코피가 터지고 눈에 멍이 들어도, 그녀는 스스로를 다독이며 주문을 왼다. "괜찮아. 맞아도 혼자보다는 나아." 꿈이란 것도 그렇지 않나. 먹다 엎혀도 자꾸 받아먹게 되는 거. 취업에 성공하자마자 내가 가장 먼저 한 일은 전자 피아노를 구매한 거였다. 71만 원, 12개월 무이자 할부. 충동에 가까웠다. 5평 남짓한 원룸에 과분한 물건이기도 했다. 고작 88개 건반이 뭐라고, 그 앞을 계속 알짱거리는 것도 우스웠지만…… 퇴근 후 늦은 밤, 종종 피아노 앞에 앉았다. 전등을 다 끈 채로 스탠드 불빛에 의지해 건반을 누르면, 그냥 그것만으로도 충분한 시간이 흘렀다.

　마지막으로 하나 더.

　스무 살 때부터 막연하게 품어왔던 꿈이 하나 있다. 바로 글을 쓰는 사람이 되는 거였다. 인생이 캄캄하게 느껴질 때마다 백지 창을 띄워놓고 토하듯이, 때로 싸우듯이 썼다. 남몰래 꿈꾸고 은밀하게 써왔다. 습작생이란 어쩐지 수험생이나 고시생과는 다르게 내놓고 말하긴 낯부끄러운 신분이니까. 주로 좌절된 꿈과 망한 사랑 탓에 방황하며 인생을 두고두고 망가뜨리는 애송이들의 이야기였다. 내 삶을 조금씩 떼어 주인공들에게 나눠주었다. 받아 쓰고 나면 〈혐오스런 ○○의 일생〉 시리즈가 나왔다. 개중 하나가 재수 좋게 덜컥 당선되었다. 사람마다 쥐고 태어난 정해진 행불행의 몫이 있다면, 좋은 운 하나는 분명 거기에 쓰였을 거라 믿는다. 아무려나 일기장에 쓸데없이 소설 쓰지 말라던 엄마는 용돈을 부쳐줬다. 쓸데없는 것 좀 읽지 말라고 일갈하던 P는…… 종종 내 인스타그램을 염탐하는 모양이다(실수로 '좋아요'를 누른 순간 현행범으로 발각된 바 있다).

　돌이켜보면 그랬다. 나를 숱하게 망하게 했던 것들이 나를 쓰게 했다. 사랑이 망해도 망한 나는 남았으니까. 남아서 살고, 울고, 더러 쓰다가, 가끔은 (아무도 영영 들어줄 일 없을 것 같은) 쇼팽이나 라흐마니노프 같은 걸 방구석에서 혼자 연습하기도 하고……. 인생이 끝났다고 생각한 순간에도 마츠코는 끊임없이 또 다른 사랑을 찾아 나섰다. 그리고 보면 종종 진저리나게 끔찍한 생의 동력은 기이한

정열에서 태어나는 것 같기도 하다. 그건 우리가 가끔은 생을 혐오하더라도, 사랑하는 것들의 목록을 언제든 받아적을 준비가 되어 있어야 하는 이유가 아닐까. 설령 망할 게 분명하더라도 말이다.

꿈을 크게 가져라, 그래야 부서져도 조각이 클 테니.

그렇다. 기어이 망가지고 나서야만 얻을 수 있는 것들이 있다. 어쩌면 삶이란 기껏해야 깨진 조각들의 모자이크에 불과한지도 모른다. 그래도…… 혹시 아나. 의외로 근사한 작품일 수도 있다.

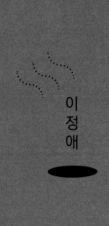

이
정
애

몇 년 동안 퇴근 후 한두 시간이 버려졌다.

◇◇◇◇◇◇◇◇◇◇◇◇◇◇◇◇◇◇◇◇◇◇◇◇◇◇◇◇◇◇◇◇

오전 8시 출근 오후 3시 반 퇴근, 집안 여기저기가 어수선하다. 아이들이 벗어 놓고 간 내복이며, 아침을 먹고 치우지 않은 설거지는 개수대통에 쌓여 내가 오기만을 기다리고 있었다. 가방을 식탁 의자에 걸고 해야 할 집안일들을 헤아려 본다. 그리곤 그것들이 눈에 보이지 않는 것처럼 무심하게 고개를 돌린다. 한동안 멍하니 앉아 있다가 커피믹스 한 잔을 탄다. 출퇴근을 위로해 주는 나만의 비타민 커피믹스. 달콤한 향이 퍼지면 마시기도 전에 뇌에서는 도파민이 쏟아져 나온다. 휴대폰을 식탁 위에 놓고 커피를 홀짝이며 유튜브 화면에 몰입한다. 그리고 아이들이 집에 돌아오는 시간까지 꼼짝 않고 시간을 버린다. 버려진 시간이 쌓일수록 내가 미웠다. 그래도 멈출 수가 없었다. 나에게 필요한 건 이런 휴식이라고 생각했으니까. 퇴근 후 그런 시간마저 없으면, 저녁을 차리고 아이들을 챙기고 청소하고 빨래하는 일상에 파묻혀 죽을 것 같았다. 같은 고뇌에 빠진 절친과는 통화할 때마다 " 야! 우리도 좀 쉬어야지, 생각 없이 보내는 시간도 필요하지 않아?" 하며 서로에게 정당성을 선물해 주곤 했다. 그런 말을 들으면 위로가 되었다. '그래 다들 이렇게 사는 거지 뭐, 사는 게 별건가'하는 단순한 결론에 이르면, 어떤 행동이든 이해가 되었다. 더는 버릴 시간이 없다는 사실을 깨닫기 전까지 나는 그렇게 시간을 버리고 또 버렸다. 영원히 살 것처럼.

오지 않는 시간 '언젠가'에 꿈을 넣고 살았다.

마흔다섯 더하기 마흔다섯은? 구십. 벌써 반평생을 써버렸네! (구십 살까지 살 거라고 누가 말해주던?) 남은 시간 사십오 년. 카운트다운이 시작된 듯해 심장이 벌렁거렸다. 이미 사십오 년이란 시간을 살아본 나는 남은 사십오 년이 길어 보이지 않았다. 게다가 사지 멀쩡하고 정신이 온전할 시간으로 따지면 남은 시간은 삼십오 년 정도? 그렇다면 이미 내 삶의 절반 이상을 쓴 거였다. 발등에 불이 떨어진 기분, 지금껏 뭘 하면서 살았지? 아무것도 이루지 못한 채 나이만 먹었다는 허무함, 여기저기 고장 난 몸뚱이가 더는 젊지 않다는 불안감이 한꺼번에 밀려들면서 그제야 내가 보였다. 할 줄 아는 건 별로 없고, 하루도 편하게 쉬질 못하는 일상의 수레바퀴 아래에 있는 나, 교통사고로 장애 6급 판정을 받은 남편과 두 아들을 키우며, 나를 잃어버린 체 사는 불쌍하고 촌스러운 내가 보이기 시작했던 거다. 언젠간 글을 쓰고 싶다는 미완의 꿈은 미지의 시간 언젠간에 묶여 있었고, 나는 오지 않을 미지의 시간을 미래의 희망이자 놓지 못한 마지막 꿈인 마냥 가슴속 깊이 품고 있었다. 다만 나에게 아직 이루지 못한 꿈이 있다는 마음속 위안으로 만족하며, 알 수도 없고, 오지도 않는 언젠가를 기다리고 또 기다리고 있었다는 깨달음이 나를 움직였다.

조바심이 났다. 최대한 빨리 언젠가를 '지금' 이곳으로 소환하고 싶었다. 당장에 멋진 책 한 권을 쓰고 사람들에게 인정받고 싶었다. 원하고 그리던 '작가'의 직함을 얻어보자고 열을 올렸다. 그래서 첫 번째로 도전해 본 게 브런치 작가다. 처음엔 아무렇게나 자기소개서와 집필 계획서를 써냈다. '마흔다섯에 정신차리고 글을 써보려고 합니다. 아무것도 구애받지 않는 자유로운 글을 쓰고 싶습니다. 어떤 계획서를 원하는지 모르겠지만, 제 마음대로 아무렇게나 써볼게요'라는 내용으로 빈칸을 채운 기억이 난다. (담당자가 내 글을 읽고 얼마나 웃었을까? ㅎㅎ) 당연히 낙방이었다. 두세 번 더 도전했지만, 결과는 마찬가지였다. 현타가 왔다. 내 글이 이렇게 형편없구나 하는 깨달음과 과연 미지의 시간을 지금으로 소환해 낼 수 있을까? 하는 두려움도 느꼈다. 하지만 포기하고 싶지 않았다. 오기가 생겼다. 평소에는 힘들다 죽겠다는 말을 입버릇처럼 던지지만 커다란 시련 앞에서는 조금 더 단단해지곤 했던 나는 더 성장할 수 있는 길을 찾고 싶었다.

매일 책이 있는 일상이 시작되다.

우선 읽기로 했다. 매일매일 머릿속에 수많은 작가의 문장을 집어넣고 자근자근 씹어보기로 했다. 매일 한 권의 책을 읽겠다는 결심이 서고 실행해 나갔을 때 초심자의 열정으로 몇 달간은 성공 가도를 달렸다. 그러나 급발진은 언제나 사고를 동반하지 않는가? 일하고 육아하고 살림하면서 거기에 매일 1권이라니! 나는 삼 개월 만에 나가떨어졌다. 책만 봐도 토가 나오고 집에 있는 책들은 모조리 보이지 않는 곳으로 치워버리고 싶은 마음이 들었다. 역시나 무리한 계획, 책을 읽으면서도 마음이 이렇게 피폐해질 수 있다는 걸 그때 깨달았다. 이건 아니야! 잘못된 방법이야. 다른 걸 찾자!

며칠간 나는 책과 거리를 두었다. 다시 읽을 마음이 생길 때까지. 식탁 옆에는 빌려온 책과 구매한 책들이 쌓여 있었지만, 시큰둥하게 바라만 보거나, 무심히 집어 들고 아무 페이지나 펴보다가 다시 덮어버리기도 했다. 마음이 어느 정도 추슬러졌을 때 '그냥 매일 읽는 건 어때? 양 같은 거 중요하지 않잖아? 매일매일 읽는 사람이 되는 것, 그걸로 충분하지 않을까?' 하는 목소리가 들렸다. 십여 년의 수행 생활 후 지혜를 깨달은 사람처럼 머릿속이 맑아졌다. 그래 매일 읽는 사람. 그런 사람이 되는 것 그걸 목표로 하자. 구체적이었던 목표를 추상화하자 훨씬 지키기 수월해졌다. 거칠었던 마음이 부드러워지고 책 읽는 즐거움이 다시금 찾아와주었다.

그렇게 읽은 지 언 4년 차 독서는 내 삶의 일부분이 되었다. 첫해는 매일 1권이라는 엄청난 목표를 세운 기간이라 1년에 150권을 읽었고 두 번째 해엔 89권 그리고 세 번째 해엔 100권을 읽었다. 그리고 올해 4년 차에 접어들었다. 읽었던 책들은 블로그에 정리해 두었는데 처음엔 읽는 습관을 만드는 게 더 중요했기 때문에 책 리스트만 저장해 두었다가 서서히 서평과 독후감을 올리는 방식으로 변화를 주었다. 이제 독서는 나에게 습관이자 버팀목이다. 책을 읽는 기간이 길어질수록 뇌는 더 책을 갈망하게 되었다. 물론 아직도 일 년에 한두 번은 독서 슬럼프가 온다. 그럴 때도 매일 읽는 습관은 사라지지 않는다. 반쪽이라도 혹은 한 문단이라도 읽는다. 다만 애쓰진 않는다. 슬럼프가 조용히 지나가도록 독서량은 줄이면서 재미난 소설 위주로 읽거나 다른 것들에 잠시 한눈을 팔았다. 읽어야 할 책의 목표량을 정하고 노오오력으로 달성하는 데만 매진했다면, 나는 계속 실패했을 거다. 독서에 목표를 설정하지 않고 독서 자체를 목적으로 두니 책 읽는 일상은 흔들리지 않게 되었다.

매일 읽으니, 다시 쓰고 싶어졌다

◇◇◇◇◇◇◇◇◇◇◇◇◇◇◇◇◇◇◇◇◇◇◇◇◇◇◇◇

책이 일상으로 들어오니 삶이 다채롭게 채워지는 기분이다. 책을 통해 만났던 이들이 늘어갈수록 내 삶의 이야기들이 쌓인다. 박완서 작가님의 소박하고 정겨운 말투에 포근함을 느끼고, 공지영 작가의 예쁜 문장들에 마음이 설레었다. 『인간이 그리는 무늬』(최진석, 소나무)를 읽고는 내가 꼭 쥐고 놓지 않으려 했던 신념과 가치관을 내려놓아야 함을 깨달았고, 수많은 자기계발서를 통해 애쓰며 사는 사람들에게 자극을 받았다. 그러나 시간이 지날수록 더 명확해지는 사실 하나는 단지 '읽는다'라는 행위만으론 어떤 것도 변화되지 않는다는 사실이다. 가만히 앉아 넷플릭스와 유튜브를 보는 것보다야 조금 나을지도 모르지만, 많은 책을 읽고도 아웃풋을 하지 않는다면, 그것들은 내 안에 들어왔다가 소리도 자취도 냄새도 없이 사라져버리는 신기루와 같았다.

그래서 계획 한 가지를 추가했다. 매일 쓰는 사람이 되자! 네이버 블로그가 안성맞춤이었다. 불특정 다수에게 매일 쓰겠다는 다짐을 공개하면, 약속을 지킬 가능성도 커지고 혼자만의 글을 쓰기보다는 누구에게든 공개되는 글을 써보면 더 좋은 글을 쓰게 되지 않을까 하는 기대 심리도 있었다. 2021년 11월 8일 첫 번째 글을 올렸다. 블로그를 하던 조카와 가족들 그리고 절친만이 들여다보던 블로그라 부끄럽지도 않았다. 어린 시절 이야기부터 차근히 써나갔다. '송충이 사건' '차별 대우가 심했던 초등학교 선생님' '나보다 두 배나 컸던 친구와 몸싸움했던 일' '부모님 이야기' 등 떠오르는 이야기를 시간 순서에 상관없이 자유롭게 썼다. 쓰면서 가장 신기했던 건 평소에 잘 기억나지 않았던 이야기들이 막상 글이 되어 손에게 맡겨지니 세세한 것까지 생각나고, 당시 사람들이 지었던 표정이며, 내가 느꼈던 감정들이 살아 돌아와 그대로 글 속에 담겼다는 사실이다. 인간의 기억은 쉽게 왜곡되고 오염된다는 것을 알기에 내 기억들이 완전한 사실이라고 볼 수는 없지만, 각색되었든 편집되었든 잊혔던 추억들이 글 속에서 되살아나는 기분은 처음 느껴봤기에 신이 났다. 그렇게 매일매일 블로그에 올린 글들이 쌓였고, 나는 열성을 다해 써야 할 이야기를 고민했다.

쓰기도 읽기처럼 고통스러운 순간을 선물했다.

◇◇◇◇◇◇◇◇◇◇◇◇◇◇◇◇◇◇◇◇◇◇◇◇◇◇◇◇◇◇◇◇◇◇◇◇◇◇◇

새벽에 글이 잘 써진다는 말을 듣고 시도해 봤지만, 오래전부터 그 시간대엔 책을 읽어 왔고, 때때로 출근하기 전 남편과 차 한잔을 나누며 담소를 나누기에 실행하기 어려웠다. 새벽 글쓰기는 좌절되었고 둘째가 잠들고 첫째가 혼자만의 시간을 보내는 저녁 9시 반이 글쓰기에 가장 편안한 시간으로 자리 잡았다. 하루를 돌아보고, 과거를 떠올려보고 읽었던 책의 한 문장을 끌어다 놓고 이런저런 이야기를 늘어놓았다. 하지만 한동안 즐겁게 이어지던 글쓰기가 6개월 만에 고비를 맞았다. 써야 할 이야기들이 소진되고, 더는 내 안에 꺼내 쓸 이야기가 없다고 생각되자, 어떻게든 글을 써야 한다는 압박감이 커졌다. 9시 30분, 둘째를 재우고 돌아와 식탁에 앉으면 더는 물러설 곳이 없었다. 앱을 실행시키고 뭐라도 써야 했다. 글감이 떠오르지 않아 머리가 멍했다. 하얀 화면에 깜박이는 커서를 보며 자판 위에 손을 올리니 손가락이 움직였다. '오늘은 무엇을 써야 할까. 쓸 말이 떠오르지 않는다. 나는 이걸 왜 하려고 했을까?' 이렇게 떠오르는 대로 적어 내려갔다. 그리곤 발행 버튼 클릭. 이런 날들이 늘어나자 쓰는 일이 더 이상 즐겁지 않았다. 그리고 내 글들이 미워졌다. 아무도 읽어주지 않는 글을 써서 뭐 할 거니? 하는 말들, 누가 내 글을 좋아해 줄까? 하는 근심이 찾아와 나를 괴롭혔다. 누군가 써야 할 의미와 이유를 알려준다면, 더 잘 쓸 수 있을 것 같은데 주변엔 아무도 없었고, 멘토를 구할 자신도 없었다. 복잡한 레고 맞추기가 뜻대로 풀리지 않아 울고 마는 어린아이처럼, 나는 얼마간 시큰해지는 코끝을 누르고 있어야 했다. 그러다가 소중한 책을 만났다. 『종이 책 읽기를 권함』(더숲)의 김무권 작가님 의 책과 『우리가 보낸 순간』(마음산책)의 김연수 작가님의 책이다. 김무권 작가님은 책 읽기를 권하면서 아무짝에도 쓸모없는 일의 쓸모를 알려주셨다.

> "나는 독서 중의 독서 궁극의 책 읽기는 '아무짝에도 쓸모없는 책 읽기'라고 생각한다. 부모에게 선생님에게 또는 아내에게 핀잔받는 책 읽기야말로 책 읽는 자에게 지고의 쾌락을 안겨 주기 때문이다." - p.51

> "아무짝에 쓸모없는 책 읽기를 많이 하는 사람일수록 목적 있는 책 읽기만 주로 한 사람들에 비해 세상 보는 눈이나 다른 사람들을 이해하는 마음이 더 깊고 더 따뜻한 것을 나는 보았다. 내가 독서로 이루고 싶은 것이 바로 이것이다." - p.52

쓸모없어 보이는 독서가 삶을 즐겁게 만들고 마음을 따뜻하게 해준다면 쓸모없어 보이는 매일의 글쓰기가 결국엔 나를 일으켜 세워줄 거라는 마음속 울림이 찾아왔다. 매일 쓰기에 대한 김연수 작가님은 다음과 같이 말씀하셨다.

> "지난 팔 년 동안 나는 거의 매일 글을 썼다.(중략) 하지만 그보다 더 대단한 것은 지난 팔 년 사이에 내가 원하던 바로 그 사람이 돼갔다는 점이다. 눈치채지도 못할 만큼, 아주 서서히, 하지만 지나고 보니 너무도 분명하게. 소설가로서는 어떤지 모르겠지만, 인간으로서는 좀 나은 인간이 됐다. 그건 전적으로 매일의 글쓰기 덕분이라고 생각한다." - [책을 내면서]에서

우연치고는 너무나 절묘한 순간에 만난 두 권의 책. 그들이 나를 기다리고 있었던 것일까? 순전히 끌림으로 대출해왔던 책에서 생각지도 못한 위로를 받았다. 전설적인 책이었다가 잊힌 '시크릿'에 간절히 원하면 온 우주가 도와준다는 문장을 믿지 못했는데, 완전히 틀린 말은 아닌 것 같다. 지금도 글쓰기가 망막해지거나 머뭇거려질 때면, 블로그에 정리해 둔 두 작가님의 문장들을 소리 내어 읽어보곤 한다.

매일 쓰기 1년은 실험이었다.

이것은 일종의 실험과 같다. 과연 나는 1년 동안 매일 쓸 수 있을까? 라는 물음에 답하기 위한 실험, 글을 쓰고 싶다는 마음에 작은 진심이라도 들어 있는 것일까? 하는 물음에 답하기 위한 실험. 마침내 1년이란 시간이 지나고 블로그엔 365개의 글이 쌓여 있었다. 실험은 성공적이었다. 1년간 매일 쓸 수 있었고, 글을 쓰고 싶다는 진심도 확인되었다. 어떤 일을 진짜 하고 싶어 하는 건지 아니면, 남들이 다 하니깐 해보고 싶은 건지 구별할 수 있는 가장 좋은 방법은 역시나 직접 그 일을 해보는 것밖에 없다. 하지 않고 비교하고 샘하고 따지는 일로 시간을 낭비할 바에는 그저 해보는 것이 가장 현명하다는 걸 알게 되었다. 글을 쓰기 전에 일 년간 매일 읽으면서 내가 좋아하는 건 책이었다는 것을 확인했던 것처럼 글쓰기로 유명한 작가가 되거나 그럴듯한 대작을 남기지 못할지라도 내가 하고 싶은 일, 내가 좋아하는 일이 글쓰기임을 알아냈다는 것만으로도 충분했다. 이로써 나는 어떤 일이든 1년간 해볼까? 하는 마음을 먹을 수 있게 되었다. 올해엔 좀 더 나은 문장력을 키우기 위해 매일 필사하기를 실험해 보고 있다. 1년간 좋은 문장을 찾아내 쓰고 그와 비슷한 형식으로 작문 연습을 해보는 중이다. 1년 후 필사를 통해 문장력이 향상된다면 실험은 성공적일 테고, 그렇지 않다고 해도 좋은 문장 365개를 모을 수 있으니 남는 장사다. 나이 먹음이 주는 가장 좋은 점은 젊은 날엔 절대로 할 수 없을 것 같았던 일들이 가능해진 다는 거다. 이 글을 읽는 당신이 젊다면, 지금 좀 게을러도 괜찮다. 당신이 진짜 원하는 일이라면 조금 늦은 나이가 실행력을 한 단계 끌어올려 줄 테니깐. 1년간 매일 썼던 이야기는 여기까지다. 앞으로 3년 5년 10년간 매일 쓸 이야기도 쌓여갈 예정이다. 어떤 이야기일지 몰라 기대가 된다. 이것은 내가 써 내려갈 완전히 새로운 이야기일 테니깐!

내 코가 어때서 그래!

◇◇◇◇◇◇◇◇◇◇◇◇◇◇◇◇◇◇◇

이를 닦던 작은 애가 말했다.

"엄마 내 코가 좀 작았으면 좋겠어."

"아니 왜? 너 콧대가 높아서 예쁜 코야"

아이는 콧구멍을 벌렁거리며 최대한 코를 크게 만든다.

"아니 성인 돼서 이렇게 커지면 어떻게 해…."

"너 설마 엄마 코처럼 될까 봐 그러냐?"

멋쩍은 웃음을 지으며 어…. 하는 아들.

"엄마 코가 어때서!! 엄마 코 복코야~~~"

"엄마 코 돼지 코 같아."

"무슨!! 엄마 코 덕에 우리가 이만큼 사는 거다 너!!"

라고 했지만, 나도 내 코에 만족하고 있는 건 아니다. 신랑은 가끔 나를 여자 지석진이라고 놀린다. 생각해 보자. 누군들 이렇게 큰 코로 태어나고 싶었던가?

결국 내 조상 중 큰 코를 가진 분이 계셨고, 나는 그 유전자를 물려받은 것뿐이다. 내 코가 큰 이유는 그것뿐인 것이다. 혹시 조상 중 코가 크셨던 분이 자손을 남기지 않으셨다면, 분명 나도 없었겠지만 더불어 내 코도 이러지 않았으리라 생각한다. 내 잘못이 아닌 것으로 이리 놀림을 당해야 하다니! 외모지상주의가 가족 내에서도 심각하다. (물론 신랑에게 매일 못생겼다고 놀리는 건 안 비밀⋯. ㅋ)

난들 생각을 안 해본 건 아니다. 콧구멍 축소술도 아주 잠깐 고려해 봤다. 하지만 언니가 하는 걸 보니 무서워서 도저히 용기가 나지 않았다. (바로 위 언니는 용기를 내서 줄이는 수술을 했다. 결국, 집안 내력인 것이다) 솔직히 말하자면 난 내 코가 그리 크다고 느끼진 않는다. 왜냐면 거울을 볼 때마다 코를 보는 게 아니라 눈을 보기 때문이다. 누군가 지적하기 전에는 크게 신경 쓰지도 않는다. 그건 내 작은 키도 마찬가지다. 내 키가 작은 건 알고 있지만, 그렇다고 그걸 늘 느끼며 사는 건 아니다. 나는 내 눈높이에서 세상을 보며, 보이는 세상은 지극히 정상적이다.

만일 내가 우생학이 지배적이었던 시대에 태어났다면, 필시 평균 이하라는 판정으로 불임수술을 당해야 했을지도 모르겠다. 준수한 겉모습을 기준으로 사람들을 평가하다 보면 한도 끝도 없어 보인다. 실제로 평균적인 인간이란 존재하지도 않는다고 했으니, 우리가 생각하는 이상적인 인간이란 사이버 공간의 가상 인간뿐일 테다. 코가 너무 크다거나 키가 너무 작다거나 살이 쪘다거나, 허리가 길다거나 뼈가 얇다거나 목이 너무 길다거나 턱이 튀어나왔다거나 하는 모든 문제에서 자유로운 사람이 몇이나 될까? 결국, 우리는 저마다 조금은 부족한 면을 가진 사람들이다. 내 큰 코와 내 작은 키는 아무에게도 피해를 주지 않는다. 그것들은 실제로 나라는 사람의 전체적인 모습에 상당히 자연스럽게 어우러져 있다. 숲에 나무와 꽃과 돌이 자연스럽게 어우러져 있는 것처럼 말이다. 그래서 아들의 놀림에도 신랑의 장난에도 나는 그냥 내 자신이 꽤 자연스럽게 예쁜 사람이라고 생각한다. 왜냐면 내 외모는 나라는 사람과 꽤 잘 어울리기 때문이다. 키가 작아 불편한 점이 없진 않지만, 작다고 불행하게 여긴 적도 없고, 내 큰 코가 때로는 안타깝기도 하지만, 결국 내 모습의 하나라는 걸 받아들인다. 어릴 적부터 꾸미거나 치장하는 것에 관심이 없었던 이유는 아마 이런 생각 때문인 게 분명하다. 굳이 꾸미지 않아도 나는 내 모습 그대로가 싫지 않았다. 물론 때때로 예쁘게 보이고 싶은 마음이 없었던 건 아니다. 그러나 그런 마음은 늘 잠시뿐이었다.

코가 조금 커도, 눈이 작아도, 목이 길어도 자신의 전체 모습과 자연스럽게 어우러진다면 모든 사람이 다 아름답지 않을까?

외모의 완벽함은 현실 세계에선 존재하지 않는다. 그러니 불완전하고 균형 맞지 않은 모습 자체가 완벽인 것이다. 누군가의 겉모습만 가지고 그 사람을 판단하는 건 상당한 오류를 범하는 일이다. 진짜 그 사람을 알게 되면, 외모 따위는 눈에 들어오지도 않는다. 자신과 가장 가까운 누군가를 떠올려보자. 그 사람과 대화할 때 당신은 무엇을 보는가? 외모인가? 아니면 그 사람 자체인가? 결국, 우리가 보는 것은 그 사람의 마음과 조화를 이루고 있는 알 수 없는 어떤 것. 이를테면 영혼을 보고 있었는지도 모르겠다.

보고 싶은 다녕님

◇◇◇◇◇◇◇◇◇◇◇◇◇◇

아름답게 빛나는 사람을 만날 수 있는 행운은 삶에서 자주 찾아오지 않는다. 2019년 처음 독서 모임을 시작했을 때 만난 다녕님은 그런 사람이었다. 첫 만남은 어색함과 낯섦 때문에 많은 대화를 나누지 못했지만, 모임이 진행될수록 대화가 깊어지고, 서로의 삶을 나누면서 안개가 걷히듯 서서히 상대의 참모습이 보이기 시작했다. 제법 규모가 큰 영어학원 강사로 일하고 계셨던 다녕님은 독서의 깊이가 남달랐다. 독서 모임은 다들 처음이라 무슨 책을 읽어야 할지 몰라 망설일 때마다 다녕님께서 좋은 책을 추천해 주셨다. 특히 그분이 사랑하던 작가는 『담론』, 『감옥으로부터의 사색』(돌베개)을 쓰신 신영복 교수님이셨다. 덕분에 좋은 글을 읽고 많은 걸 배울 수 있었다. 게다가 어려운 부분은 알기 쉽게 설명도 잘해주셨다. 재능도 많으신 분이라 생활 한복을 직접 지어 입으셨고, 그림에도 관심이 많아 영롱한 꽃들이 서로 어우러진 수채화를 그려 보여주기도 하셨다.

이분처럼 나이 들고 싶다는 생각이 들었다. 멘토가 되어 줄 사람을 만나고 싶다는 소망이 있었는데 그 소망이 우주에까지 닿은 것인지. '이 사람이다'라며 나는 기뻐했다. 매달 한 번씩 만나는 모임이 소중해졌다. 중간에 몇 명이 빠져나가기도 했지만, 진짜 책을 읽고 함께 뭉칠 사람들만 남게 되어 모임의 깊이는 더해갔다. 모임이 깊어질수록 우리가 나누는 삶의 깊이 또한 덩달아 깊어졌다. 서로가 겪었던 아픔과 아직도 남아있는 마음속 상처들이 이야기 중에 자연스럽게 흘러나왔고 우리는 책을 통해서 서로를 알아가는 즐거움까지 함께할 수 있었다. 글도 잘 쓰셨던 다녕님은 브런치 작가 신청에 합격하시고 자신의 삶을 글로 써 올리셨는데 올리자마자 조회수가 폭발하며 상당한 인기를 끄셨다. 덕분에 여러 출판사에서 출판 제의를 받으셨고 너무나 기쁜 얼굴로 한 출판사와 계약을 성사시켰다는 소식도 전해주셨다.

그렇게 해서 책을 쓰시게 된 다녕님, 모두에게 축하를 받았던 5월 독서 모임이 지나고 더위가 시작되었던 6월 독서 모임을 넘어서 2020년 7월 독서 모임에 오셔서는 드디어 원고를 완성했다며 기뻐하셨다. 하지만 책 쓰다가 몸에 무리가 온 것 같다고 하셨다. 전처럼 잘 웃으시고 즐겁게 토론에 임하셨지만, 문득 얼굴이 마주쳤을 때 통증을 느끼는 듯 찡그리는 표정을 몇 번 발견하기도 했다. 두 달간 집중해서 글을 쓰시느라 너무 고생한 것 같다며, 탈고하셨으니 편히 쉬시라는 말씀을 드리고 평소처럼 웃으며 헤어졌다. 그리고 2주 후 다녕님께서 전체 카톡 방에 문자를 보내셨다.

" 저 암이래요."

흔한 안부 인사를 남기듯 보내온 짤막한 문장이었다. 그러나 그 짧은 문장은 쇳덩이보다 더 무거운 침묵을 선사했다. 카톡 방은 정적이 흐르는 것 같았다. 우리는 한동안 멍했다. 아무도 답신을 보내지 못하다가 한 명 두 명이 침묵을 깨고 믿기지 않는다는 답신을 보냈다. 나는 당장에 전화를 걸고 싶었지만, 어떤 상황인지 몰라 버튼을 누르지 못했다. 항암치료가 시작될 거고, 앞으로 몇 달간 힘들 것 같다는 말씀과 우리들의 응원 메시지가 오갔다. 갑작스러운 소식에 어안이 벙벙했고 어떤 말이 힘이 될지도 알 수가 없었다. 그러니 흔히들 하는 말 '잘 이겨내실 수 있으실 거예요.' '힘내세요 기도할게요' 정도의 문장들만 보낼 수 있었다. 그렇게 2주가 지났지만 다녕님은 소식이 없었다. 걱정되고 불안한 마음에 다녕님께 개인 카톡을 보냈다.

'다녕님. 잘 지내고 계세요? 지금 치료하느라 힘드시죠? 치료 잘 받으시고 다시 건강해지시는 날 기다리고 있을게요'

내가 보낸 카톡이 읽힌 건 하루가 지나서였다. 장문의 답글을 보낸 건 다녕님이 아니라 따님이었다. 엄마가 위독한 상태이고, 의식이 가물가물해서 중환자실에 계신다. 관심 가져주셔서 감사하며, 엄마 곁을 지키고 있겠다는 내용이 담겨 있었다. 입원한 지 겨우 2주 만에 위독하다니 한 발짝 멀리 떨어져 있던 나는 믿을 수가 없었다. 우아하게 웃음 짓는 모습과 마지막 모임 때 입고 나오신 청 푸른 생활 한복(손수 만드신)이 얼마나 잘 어울리셨는지만 떠올랐다. 한 사람이 삶이 이렇게 갑작스럽게 마지막을 향해 가고 있는 걸 지켜보는 건 내 삶에 처음 있는 일이었다. 그렇게 2주가 다시 흐르고 독서 모임 단톡방에 따님의 글이 올라왔다. 다녕님의 임종 소식이었다. 글을 읽자마자 시야가 흐릿해졌다. 어느새 굵은 눈물방울이 볼을 타고 흘러내렸다. 치료 잘 받으시고 기도하겠다는 인사말이 이 세상에서 우리가 마음을 나눴던 마지막 순간일지는 아무도 몰랐다. 삶은 예고 없는 이별은 안겨주며 모두에게 충격파를 던졌다.

만남과 이별은 때때로 우리에게 불친절하다. 만나고 싶지 않았던 사람과는 기어이 만나게 되거나 보고 싶은 마음이 사무쳐 병이 날 지경이 되어도 평생 만나지 못하는 경우도 흔하다. 이런 것을 운명이라고 불러야 할까?

짧고도 굵었던 1년 반의 독서 모임을 뒤로하고 다녕님은 그렇게 우리와 이별했다. 아마 다녕님은 모르실 거다. 내가 그분을 몰래 존경하고 우러러봤다는걸, 저분처럼 나이 들고 싶다 여겼다는걸, 한마디라도 나누고 싶어 먼저 다가갔다는걸, 삶의 초보자의 어리숙한 모습으로 지혜로운 분께 가르침을 받고자 주변을 배회했다는걸. 그분을 닮고 싶어 더 열심히 책을 읽고 글을 썼다는 걸 절대 알지 못하셨을 거다.

그러나 나는 안다.
그분의 웃음도 아름다웠던 옆모습도, 진중하게 책을 바라보며 밑줄을 그으셨던 모습도, 남편분과 댄스학원을 등록했다며 자랑삼아 이야기했던 수줍은 얼굴도, 그분이 그린 화사한 수채화도, 페미니즘이 무엇인지 정확한 의미를 전달할 때의 진지함도, 자녀분 이야기를 하실 때 뿌듯하게 지었던 표정도, 나의 이야기를 들어주실 때의 다정한 눈빛도, 즐거운 이야기에 환하게 웃음 지었던 해맑은 모습도 나는 여전히 기억하고 있다.

오래도록 기억해 드리고 싶다. 시간이 더 흘러도, 글을 쓰고 책을 더 많이 읽도록 이끌어주신 분이라며 그분의 이야기를 하고 싶다. 잊히지 않도록. 그 빛났던 삶이 사라지지 않도록.

노래가 있었다.

◇◇◇◇◇◇◇◇◇◇◇◇◇

드라마의 여운을 더해주는 건 이야기와 어울리는 주제곡이다. 과거를 돌아보면 내 삶 속에도 드라마의 한 장면처럼 풍경과 노래가 어우러진 장면들이 있다. 친구들과 함께 갔던 광릉수목원은 윤종신의 '수목원에서'와 어우러진다. 나무들 사이를 비추던 햇살이 빛나고, 나의 두 다리가 바쁘게 움직이면 수목원에서의 전주 부분이 시작되었고 그날의 모든 풍경 속에서 노래가 흘러나왔다. 그런데 지금은 풍경이 하나 더해졌다. MP3로 내려받아 차에서 곧잘 듣곤 하는데 나로 인해 두 아들이 그 노래에 빠져들었다. 팔봉산이나 대리점을 갈 때면 함께 부르곤 했는데 아이들은 장난스럽게 가사를 바꿔서 부르거나 노래를 부르는지 소리를 지르는지 구별이 안 될 정도로 큰소리로 따라 부르곤 했다. 아이들이 나중에 성장해서 이 노래를 들을 때면 엄마와 함께 신나게 따라 불렀던 풍경이 떠오를 테지. 음악과 함께 즐거운 추억을 만든다는 것도 특별한 경험일 터다.

윤종신의 다른 노래인 '오래전 그날'은 교복을 입었던 고등학생 시절과 연결되어 있다. 점심 식사 후 친구와 운동장 산책을 하고 있을 때 방송반 아이들이

틀어줬던 노래다. 학교를 완전히 장악하며 울려 퍼지는 그의 목소리가 너무 좋아 친구랑 떨던 수다도 멈추고 노래에 빠져들었던 내가 떠오른다. 처음 들은 노래라 따라 부를 수도 없어서, 가만히 감상만 했었다. 한 번 더 듣고 싶다는 마음이 컸는데 다행히 많은 사람이 좋아해 줘서 나중에는 지겹도록 들을 수 있었다.

이승환 1집은 친구와 경기도에 있는 축령산을 여행했을 때 들었다. 우리 둘은 작은 펜션 하나를 예약했었다. 그런데 도착한 날 비가 내리고 있었다. 비 오는 날이나 몸에 물이 묻는 걸 질색했던 내가 비가 이리도 예쁘게 내릴 수 있을까? 하며 처음으로 감탄했던 날이다. 우리 둘은 펜션 문 앞 작은 테라스에서 내리는 비를 보며 이승환의 1집 노래를 하나하나 따라 불렀다. 비 내리는 풍경과 이승환의 목소리는 궁합이 잘 맞았다. 이십 대 시절, 삶도 사랑도 잘 몰랐던 우리는 노래가 그리는 아름다운 세상을 꿈꾸며 그대로 행복해지고 말았다.

이승철이 부른 '열의 세어보아요'란 노래는 짝사랑으로 힘들어했던 풍경과 연결되어 있다. 한때 혼자 좋아했던 그 애가 나와 같은 마음이 되어 찾아와주면 좋겠다는 마음으로 들었던 노래다. 집으로 돌아오던 골목길에 혼자 열을 세고 뒤를 돌아보곤 했다. 그곳에 그 애가 서 있으면 얼마나 좋을까 하는 마음으로 말이다. 그러나 언제나 내가 돌아본 길에는 텅 빈 어둠뿐이었다. 짝사랑은 그렇게 짝사랑으로 끝이 났고, 새로운 사랑으로 잊혔다. 중년이 된 나는 이제 그 애를 떠올려도 마음이 아리지 않다. 대신 웃음이 난다. 마음이 아파 혼자 훌쩍였던 내가 떠올라서다. 당시에는 힘들었는데 지나고 나니 웃을 수 있는 추억이 되었다. 짝사랑도 죽기 전에 꼭 해봐야 할 일에 넣어두면 좋겠다. 짝사랑 속엔 웃음과 울음과 노래와 걸음과 표정과 또 알 수 없는 어떤 것까지 모두 다 들어있으니깐.

1987년도에 발표된 이문세의 4집은 막내 언니와 방바닥에 옆 드린 채 즐겁게 노래를 부르던 풍경과 어우러진다. 우리는 첫 곡 '사랑이 지나가면'부터 끝 곡 '그녀의 웃음소리뿐'까지 부르고 다시 엘피판을 처음으로 옮겨 놓고 따라부르기를 반복했었다. 그때 나는 엎드려 있어서 우리 둘의 모습을 위에서 보지 못했건만 그때를 떠올릴 때마다 올망졸망 딱 달라붙은 채 어깨를 들썩이며 노래를 흥얼거리는 두 자매의 모습이 보이는 건 왜일까? 신이라도 된 양 과거의 우리 둘에게 날아가 가만히 지켜보고 있는 기분이랄까.

돌이켜보니, 노래 덕에 내 삶이 더 아름다워졌구나 싶다. 노래가 없었다면, 삶이 얼마나 삭막했을까. 내 아픔과 상처는 얼마나 차가웠을까. 노래 덕에 이야기가 생명력을 얻고, 아팠던 상처가 치유되고, 나른하고 지루한 일상이 색을 얻어 간다.

나이가 들수록 새로운 노래를 찾기보다는 오래전 들었던 노래들을 다시 듣고 또 듣는다. 그러면서 과거의 나에게로 돌아가 본다. 때로는 바람이 과거의 향기를 가져와 시간 여행을 시키기도 하지만, 음악처럼 언제 어디서나 나를 과거로 돌려보내 주는 건 없는 것 같다. 가끔은 음악을 통해 과거의 나와 지금의 내가 동시에 존재하는 듯한 느낌을 받기도 한다. 나이가 들수록 과거를 다시 살아간다고 했는데 그걸 가능하게 해주는 게 음악인듯싶다.

다르게 살아도 괜찮다.

◇◇◇◇◇◇◇◇◇◇◇◇◇◇◇◇◇

언제고 내 삶을 실험해 보고 싶다는 소망을 품고 있다. 돈 버는 일에서 벗어나 못 해본 일을 하나씩 해보거나, 아무것도 하지 않는 삶, 혹은 종일 도서관에서 책만 읽는 삶 같은 것들. 지금은 10년간 매일 책을 읽고 글을 쓴다면, 내 삶이 어떻게 달라질까? 하는 궁금함에 매일 쓰기를 실천 중이다. 책을 통해서 나보다 훨씬 먼저 이런 생각을 해내고 거침없이 생각한 것을 바로바로 실행한 사람들을 만난다. 나에겐 없는데 그네들에게 있는 건 도대체 뭘까? 하는 질문, 뭐겠나 단 한 가지다. 실행력!

머뭇거림 없이 그냥 해보는 능력. 거기에 있었다. 그 일을 선택했을 때 삶이 어떻게 달라질지 걱정하지 않는 마음, 결과를 미리 재보지 않는 현명함 그런 거다. 실행력 하나로 삶을 완전히 다른 곳으로 이동시키고 남들과 다른 삶을 사는 박혜윤 작가를 『숲속의 자본주의자』(다산초당)를 통해 만났다.

그녀는 발효빵과 스콘을 직접 만들어 판다. 발효빵의 완벽한 맛을 찾기 위해 수천 개의 빵을 만들어가며 가장 이상적인 맛을 찾아갔다. 아니 뭐 하러 그렇게까지! 게다가 장사가 잘되지도 않는데. 그녀가 그렇게 정성을 들이는 이유는 단지 최고의 맛을 내는 발효빵을 만들고 싶었기 때문이다. 단지 그것,

물론 그녀는 나름대로 이상적인 시골 생활을 생각했다. 유기농 농사. 어여쁜 집, 일하고 싶은 거로만 돈을 버는 삶, 흙과 나무를 곁에 두는 삶, 몸에 좋은 친환경 농산물만 먹고사는 삶 말이다. 그러나 늘 그렇듯 삶은 뜻대로 계획대로 풀

리지 않는다. 그러나 필자는 그럴 때마다 애써 이겨내고 어떻게든 원하는 삶을 쟁취하려고 노오력을 하지 않았다. 그냥 놓아 버렸다. 유기농 농사는 애초부터 불가능한 일이었다. 오늘날 유기농은 환상일 뿐, 짓는다고 해도 주변에 살고 있던 사슴들이 모조리 먹어치우는 일이 계속되었다. 그래서 일반적인 농사는 포기하고 풀 속에서 여러 잡초와 식용 채소들이 함께 자라도록 씨를 마구 뿌렸다. 그랬더니 억세고 쓴 풀들로 변한 채소들이 자라났다. 못 먹겠다고 버리기보다는 최대한 맛을 음미하며 먹었다. 또 부족한 것은 야생에서 자라나는 것들을 채집하며 보충했다. 물론 그 과정은 험난했다. 그러나 작가는 그런 과정을 통해 생각을 확장 시켰다.

"나쁜 일을 방지하려고 사는 게 아니라, 나쁜 일은 생기겠지만 그래도 삶의 구석구석을 만끽해서 시간을 되돌린다 해도 그렇게 살았을 삶을 사는 게 목적이니까……. 내가 추구하는 것은 삶을 그 자체의 복잡성으로 즐기지 못하는 공포로부터의 자유다." - p.64

일이 뜻대로 풀리지 않을 때마다 삶이 이다지도 괴로울까 싶어, 깊은 감정의 밑바닥으로 떨어져 아무것도 하고 싶지 않거나, 생각을 잊으려고 미디어에 과몰입했던 나와 그녀는 완전히 달라 보였다. 결국, 삶이란 어떤 일이 일어나느냐가 중요한 게 아니었다. 그 일을 어떻게 받아들일 것인가 하는 선택이 전부였다.

큰아이가 고등학교 입학을 앞두고 스스로 해야 할 일들을 미루고 하는 척 시늉만 내고 있었다는 사실을 알았을 때, 나는 내 삶에서 엄청난 사건이 터진 것처럼 괴로웠다. 믿었던 아이에 대한 배신감과 아까운 시간을 허비하고 있는 아이가 답답해 며칠간 짜증이 밀려왔는데, 저녁을 준비하다 말고 가만히 나를 바라보는 시간을 가져보았다. 이 어두운 감정의 뿌리는 어디일까? 그 근원은 어디길래 내가 이러지? 하며 물음을 던져 보았다. 처음엔 아무것도 보이지 않아 감정을 들여다보는 일이 무슨 도움이 된다고 다들 그렇게 해보라는 건지 한숨이 나왔지만, 이내 나는 발견했다. 내 어둠의 근원. 그것은 두려움이었다. 아이가 자기 삶을 찾지 못할 것 같은 두려움, 성인이 되어서도 독립하지 못하고 무엇을 해야 할지 몰라 방황하는 삶을 살 것 같은 걱정이었다. 박혜윤 작가님이 소개해준 『월든』[1]을 쓴 소로의 문장을 여기로 옮겨와 보자.

"우리는 왜 각기 다른 온갖 삶의 방식들을 제쳐두고 하나의 삶의 방식만을 과대평가해야 하는가?"

내가 느끼는 두려움 속에는 하나의 삶의 방식만을 과대평가하는 어리석음이 들어가 있지 않나? 아무것도 하지 않았으면서 하는 척했던 아이에겐 그럴만한 이유가 있었을 것이다. 그것들은 아이의 삶이고 아이의 문제다. 단 하나의 삶(공부 열심히 해서 좋은 대학 가고 좋은 직장에 취직해 좋은 사람 만나서 사는 것)을 열광적으로 흠모하는 사람들과 내 두려움은 무엇이 다를까. 오늘날 지구가 병들어 신음 하는 이유는 다양성을 잃어버렸기 때문이다. 우리 삶의 다양성마저 잃게 된다면, 저마다 빛날 삶은 사라지고 우리에겐 무엇이 남아있을까.
조금 더 작가님에게 지혜를 구하고 싶어 그녀의 문장을 가져와 보겠다.

1 헨리 데이비드 소로, 『월든』, 은행나무

인생의 성공과 완벽함에 대한 기준을 버리는 것이다. 인생은 그저 사는 것이지 '잘' 살아야 하는 숙제가 아니다. 아무도 '잘' 살 수가 없다.²

'진리가 너희를 자유롭게 하리라'라는 성경 구절이 떠오른다. 우리가 무엇인가를 진짜 알게 되면, 자유로워질 수 있다는 말을 아무리 곱씹어도 이해되지 않았는데 다양한 책을 접하다 보니 알 것 같았다. 완벽한 삶이란 존재하지 않는다는 사실을 완전히 알게 되면, 삶에서 자유로워질 수 있다. 박혜윤 작가님은 그걸 깨달은 거다. 그러니 남들이 인정할 만한 스펙을 가지고도 미국 시골 마을에 들어가 가난하고 소박한 삶을 적극적으로 살 수 있었던 거였다. 이렇게 살아도 저렇게 살아도 그 삶이 내가 다시 태어나도 살고 싶은 삶이라면 그것이야말로 완벽한 삶이 되는 게 아닐까.

지금 다니고 있는 직장을 그만둔다거나, 하는 사업을 접거나, 힘들게 쌓아놓은 명예를 내려놓거나, 몇십 년간 연주했던 악기를 더는 연주하지 않는다고 해서 삶에 실패한 것은 아니다. 해피엔딩으로만 막을 내렸던 수많은 동화 속 주인공들의 삶에 익숙해진 우리는 우리 삶의 끝이 그러길 바란다. 그러나 인생은 어떤 식으로 살아도 기쁨과 슬픔, 즐거움과 노여움이 공존하는 과정일 뿐이다. 남들과 조금 다른 선택을 했다고 해서, 혹 남들보다 조금 늦게 출발한다고 해서, 남들이 가진 것을 누리지 못하고 산다고 해서 당신 인생에 문제가 있는 건 더더욱 아니다.

경제적 자유와 돈이 인생에서 차지하는 비중이 크지 않다는 사실을 알게 된다면(머리가 아니고 만져질 정도로 현실감 있게) 우리는 거기서 자유로워질 수 있다. 헉슬리의 『멋진 신세계』(소담출판사)에서 나왔던 소마(신경안정제)를 먹지 않아도, 행복하지 않아도, 자기 삶을 살겠다고 선택한 야만인처럼, 우리 삶을 선택할 권리를 놓지 않았으면 좋겠다.

글 쓰는 모든 이들을 위한 응원

블로그에 매일 글이란 걸 쓰다 보니(필사든, 독후감이든 일상이든 쓸데없는 낙서든) 왜 써야 하는지 이유 같은 게 필요한 순간들이 오더군요. 도대체 왜 쓰려는 건지요. 1년 쓰기가 6개월 정도 진행되었을 때 아주 심한 슬럼프가 왔었어요. 식탁에 앉기조차 싫어서 주말이면 아이들과 보던 티비를 더 오래 보고, 휴대폰을 계속 켰다 껐다 해대고, 멍하니 허공을 쳐다보기도 하고요. "아, 의미 없어"란 말이 저절로 튀어나와 결심이고 약속이고 뭐고 다 집어치우고 싶었죠. 매일 쓰는 지루함 속에서 의미도 찾아야 내야 하는 강박관념까지. (그런데도 썼다는 건. 뭘까요?) 힘들었어요.

이제 일 년을 넘기고 2년 차에 접어든 지금. 계속되는 글쓰기는 저에게 어떤 의미가 있을까요? 마음 가는 곳을 몰라 방황했던 시간을 극복하고 노오력으로 삶에서 찾아온 난관을 이겨내고 드디어 글쓰기의 의미를 찾아냈을까요?

후 후후…. 그러면 얼마나 좋겠습니까마는….

사실 의미 같은 건 없습니다.

책을 쓰고 싶다는 이유도 나처럼 평범한 사람도 할 수 있다는 걸 보여주고 싶어서였는데 『몸과 인문학』(북드라망)을 집필하신 고미숙 작가님이 글쎄 "평범한 나 같은 사람도 책을 내고 글을 썼으니"라는 문장을 써놓았지 않겠어요? 그분 뿐만이 아니에요. 이름만 이야기하면 누구인지 알 수 있을 정도로 알려진 작가님들도 그러십니다. "전 재능은 없었던 것 같아요."(그럼 누가 재능이 있다는 건지) 그러니 제가 책을 쓰고 싶다고 마음먹었던 이유는 말하기조차 부끄러운 거였어요. 전 아직 아무것도 되지 못했잖아요. 그럼 뭐 그럴듯한 다른 이유라도 떠올라야 하는 데 없어요.

매일 의미 있는 하루를 살고 계시나요?

만약 그렇다면, 당신은 깨달은 자. 부처님이시군요! 하루에 의미를 어떻게 부여합니까? 저는 없어요. 그냥 아직 살아있으니깐 사는 기분입니다. 인생의 의미와 가치가 생각보다 크지 않더라고요. 하루를 의미 있게 살아야만 하는 걸까요? 어릴 적엔 일기의 마지막 문장은 언제나 앞으로 열심히 해야겠다… 뭐든 열심히 하자. 내일은 오늘보다 더 잘하자! 뭐 이런 문구들이요. 만약 오늘 열심히 살았다면, 내일은 오늘만큼 열심히 살자! 로 끝내곤 했답니다. 열심히와 의미를 좇는 삶을 살았지만, 대부분의 일상은 의미 없는 열심히로 채워졌던 것 같아요. 그래서 드는 생각이 원래 삶이란 별 의미 없는 거구나 했습니다. 언니들의 말이 옳았던 것 같아요. 언니들은 늘 '인생 별거 없어'라는 말을 입에 달고 살거든요

의미가 없어도 쓸 수 있고, 살 수 있어요.

매일 쓰는 제 글에 무슨 의미가 있겠어요. 당연히 없습니다. 그런데 글을 앞으로 나아가고 저는 자판을 두드릴 수 있어요. 어떤 걸 글로 써보고 싶다는 욕심이 막 생겨납니다. 여기에 무슨 의미가 있을 수 있을까요? 김연아 선수를 생각해 봅니다. 왜 그렇게 열심히 연습했을까요? 그녀가 진정 영웅적 마음가짐으로 국위 선양을 하기 위해서 그랬을까요? 그녀의 마음을 들여다볼 순 없지만, 매일매일 스케이트를 탔던 일상은 큰 의미가 없었을 수도 있겠다 싶어요. 그냥 해왔던 일이니깐 한 거고, 해야 하니깐 했겠죠. 생각 없이 의미를 두지 않고 연습했을 시간이 더 많지 않았을까 하고 감히 예상해 봅니다.

누군가를 사랑하는데 이유가 꼭 필요하지 않은 것처럼. 그 사람과 결혼하는데 대단한 의미가 필요하지 않았던 것처럼. 글을 쓰는 데 거창한 의미를 부여할 필요가 없다는 사실을 깨닫습니다. 인간에게 삶의 의미가 중요해지는 순간도 있겠지만, 하루하루에 의미를 부여하며 살진 않잖아요.

그래서 쓰는 일에는 목표가 없어야 합니다.

멋진 글을 쓰겠다는 다짐(어떤 글이 멋진 건지? 사람마다 달라요), 인기도서 작가가 되겠다는 포부(언젠간 기필코!!) 누구나 인정해 주는 문학상을 타겠다는 목표(이건 좀…. 너무 멀리 갔나?) 그런 거 없어도 글은 써집니다. 그런 게 없을 때 글은 더 자유로워집니다. 매일 쓰는 일을 멈추지 않는 이유는 이것으로 무엇을 이루고 싶다는 목표가 없기 때문입니다. 그래서 계속 쓸 수 있게 되었답니다.

필사와 작문 연습을 올리고 매일 책을 읽고 독후감을 남기는 데는 이제 어떤 이유도 필요 없어졌어요.

하고 싶은 일에 의미를 너무 크게 부여하지 마세요. 그러면 그 일이 싫어질 수 있어요. 맛있는 음식을 먹는 데 의미를 두지 않듯이, 자신이 하는 일을 그냥 하는 게 어쩌면 가장 지혜로운 선택이 아닐지 생각해 봤습니다.

눈에 보이지 않는 의미와 가치에 매몰되지 말고, 그냥 지금 하고 싶은 이야기를 쓰고, 쓰고 싶었던 글을 한 글자씩 적어보는 것, 그것이 글쓰기의 전부라고 말한다면, 초보자의 지나친 비약일까요?

그럼 어때요. 누가 뭐래도 글은 거기서부터 시작되고 끝난다는 걸 글 쓰는 사람은 알고 있을 겁니다.

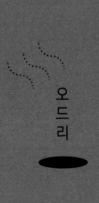

오드리

쓸모의 미학

쓸모

◇◇◇◇

'쓸 만한 가치, 쓰이게 될 분야나 부분' 이라고 사전에는 정의 되어있다.

쓸모가 없고 가치를 다하면 버려지는 현재를 살고 있는 나를 중심으로 쓸모에 대해 말해보려 한다. 지극히 개인적인 생각들. 머릿속에 떠도는 잡념들을 모아보려 한다.

가장 먼저 드는 생각.

"나는 쓸모 있는 인간인가?"

무언가의 쓸모는 누가 정하는 거지? 모두의 다른 기준으로 관계에 의하여 편중되는 결과로 의미를 부여하게 되는 것이 일반적이다. 나에게는 없어서는 안될 그립감이 아주 좋은 3색 볼펜이 누군가에게는 문방구에 파는 흔한 필기구에 불과하고 그녀가 입고 다니는 와이셔츠는 얼마 전 유명을 달리한 남편의 마지막 유품일 수 있다. 사연과 사정이 없는 사람이 어디 있으랴.

쓸모 있는 인간이 되기 위해 부단히도 노력했다. 공기같이 물처럼 사람들과 더불어 사는 것을 원치 않았다. 어디서든 톡톡 튀는 인간이어야 했고 나를 두각

시켜야 할 사명감을 가지고 태어났다고 여기며 살았다. 말도 안 되는 소리를 짓거리고 그게 정답 인양 우쭐대며 살았다.

취직을 하기 위해 고시원을 전전하며 사모님이 해주신 쌀밥과 반찬을 먹으며 쪽잠을 자면서도 공무원이 되겠다며 휴직을 하고 노량진까지 전철 첫차를 타고 다니면서도 나만 잘났다고 생각했다. 불혹의 나이를 이기고 보니 그것도 젊어서 가능했던 짓이더라.

나에게 쓸모 있는 것들이 무엇일까? 쓸모없는 것들의 쓸모도 분명 있을 거야. 그 쓸모를 찾기 위해 고군분투 했던 지난날의 나의 이야기를 하나씩 꺼내보기로 했다. 자. 이제 함께 떠나볼까요?

집
◇◇

집이 없으면 인간은 지금까지 번성하며 살 수 있었을까? 비와 바람, 외부환경으로부터 나를 안전하게 지켜주는 집의 고마움을 생각해 본적이 있나?

십년 전 동생과 함께 반지하에 산적이 있다. 여러 가지 벌레의 출현은 기본이고 변기가 역류하는 일은 분기별로 찾아왔다. 하수구 아저씨와 친해져서 소주잔을 기울일 정도까지. 가끔은 창문에 갈지자로 소변을 보는 못된 아저씨의 소변줄기를 보는 일도 옵션이었다. 과연 소변 줄기만 봤을까?

서울의 다른 집은 더 했다. 비가 오면 갈라진 외벽을 통해 비가 새서 그쪽 벽은 곰팡이투성이. 밀가루 반죽을 개어서 벽에다 덕지덕지 바르고 안도의 숨을 쉬며 살았다. 차라리 밖에 나가서 진흙을 가져와서 쳐 바르지. 그때는 둘 다 고시생이어서 수중에 돈이 없다는 이유로 하지 않아도 될 일을 잘도 벌이고 살았다. 한번은 한 접시에 만 원짜리 회와 소주를 먹었다. 집이 코앞인데 찜질방에 가고 싶던 우리는 안주에서 아낀 돈으로 찜질방 정도는 가 주는 게 예의라며 술 취한 채로 찜질방에 갔다. 구운 계란도 시키고 식혜도 시키니 일주일 생활비가 훅 나갔다. 그래도 뭐가 그렇게도 좋은지 싱글벙글 웃으며 집으로 돌아왔다.

시험을 대비해 운동을 해야 하는 동생은 옥상에 운동기구를 마련했다. 집만 거지같은 게 아니라 구성원도 그러했다. 3층에 살고 있는 세입자가 옥상에 올라가지 못하게 문을 잠가놓는 이상행동을 보였다. 주인도 아니고 같은 세입자에게 굽실거려야 했다. 이따금 부모님이 오셔서 주차라도 하려면 버선발로 내려와 마중은커녕 당장 차를 빼라며 큰소리로 소동을 부렸다.

포근한 안식처가 되어야 할 집이 끔찍했다. 벌이가 시원찮은 나와 고시생인 동생의 콜라보는 부모님의 허리를 휘청하게 만들어 평생 갚아야 할 숙제로 남았다.

지금 살고 있는 집에는 나만의 공간이 있다. 사장실의 서재처럼 문을 바라보는 구조. 딴 짓을 하다가도 얼른 윈도우의 창을 덮을 수 있는 가림 막이 있는 곳. 책도 읽고 글도 쓰고 잠도 자는 나만의 아지트가 생겼다. 막내와 같이 쓰는 이방은 아직도 엄마 품에서 잠드는 아이들이 선물한 곳이다. 아이들이 각자 방을 원했다면 집에서의 내 공간은 없었을 것이다.

크지는 않지만 가족 구성원 수에 딱 맞게 마련된 방. 신랑 몰래 급하게 화장실을 가야할 때 마음 편히 갈 수 있는 2개의 화장실. 아늑한 거실과 평수에 비해 넓은 주방은 우리 식구 4명이 살기에는 딱 좋은 집이다. 예전에는 넓은 집이 최고라고 생각했지만 살다보니 식구들은 살을 부대끼고 살아야 한다는 것을 여실히 느꼈다. 청소하기도 힘들지 관리비 많이 나오지 구색을 맞추려 가전은 또 얼마나 사들여야하나. 다 쓸 데 없는 지출이다.

밖에서 보이는 집의 형태는 부러움의 대상이다. 안에서 일어나는 일이 끔찍한 무엇이라도 집을 보면 감수 할 수 있을 것만 같다. 안에서 보는 집과 밖에서 보이는 집의 격차는 오늘날을 살아가는 우리의 민낯이다. 이를 들키지 않으려 좋은 차와 좋은 집에서 인생을 시작한다. 좋은 집에서 나쁜 사람과 눈을 맞추고 입을 맞추고 사는 것이 얼마나 곤욕일지 살아보지 않고는 모른다.

꿈

∞

아침부터 벨이 울린다.

"아침부터 무슨 일로?"

"아무 일도 없니?"

"응. 일이 있을게 뭐가 있어"

"아니 꿈자리가 뒤숭숭해서"

"그런 미신 좀 믿지 마. 지금 시대가 어떤 시대인데"

떨어져 살기 시작한 20대부터 지금까지 엄마는 꿈자리가 사납다며 종종 전화를 걸어오곤 했다. 40대가 된 지금도 엄마와 나 사이에 보이지 않는 말로 설명되지 않는 무엇인가가 있는 것은 확실하다. 부부싸움을 하거나 신변에 변화가 생기면 어김없이 전화가 온다.

몇 달 전에는 반대로 엄마에게 전화를 거는 일이 생겼다. 지난밤 꿈에 돌아가신 할아버지가 나왔다. 나는 초등학생이었고 할아버지는 군불을 때우고 계셨다. 인기척을 느끼고 나를 물끄러미 쳐다본다. 헛간 안으로 들어오라고 손짓을 하신다. 자석에 이끌리듯 안으로 들어 가보니 시골에서 흔하게 볼 수 없는 오렌지색 벽으로 단장 되어있었다. 밝은 색이 꿈에서도 나를 설레게 했다. 단 한마디도 말씀은 없으셨지만 미소 한가득 머금고 바라보는 눈빛은 다 괜찮다고 말하는 것 같았다. 꿈에서 깨 이상한 기분에 엄마에게 전화를 하니 깜짝 놀라며 말씀하셨다. 얼마 전 작은 오해로 사이가 벌어졌던 아버지 형제들이 화해를 하고 기분 좋게 헤어졌다는 것이다. 그것도 내가 꿈을 꾼 그날 밤. 온몸에 소름이 돋았다.

10년 전 남동생이 경찰 시험을 보는 날이었다. 그날도 나는 김천의 할머니 댁 마당에 있었다. 할아버지가 새하얀 옷을 입으시곤 대문 앞에 서 계셨다. 돌아가실 때보다 얼굴이 좋아지셨다. 그곳이 좋은지 보톡스라도 맞은 건지 주름이 하나도 보이지 않았다. 그 후의 기억은 나지 않지만 기분 좋은 꿈이었다. 바로 동생에게 전화해서 꿈을 사라고 했다. 우연인지 동생은 공부를 시작한지 5년 만에 시험에 합격하여 경찰이 되었다.

나의 꿈자리는 시끄럽다. 흔히 꿈자리가 사납다곤 하지. 표현을 잘 안하는 MBTI의 I 성격에 머릿속에 가득 차 있는 쓰잘때기 없는 나의 상념들이 꿈으로 발현되곤 한다. 꿈속에서 나는 자유롭게 훨훨 날아다닌다. 현실에서는 할 수 없는 번지점프를 한다거나 T익스프레스를 타고 자유를 만끽한다. 괴물이나 총을 든 이가 나타나 때로는 무서움에 떨며 쫓긴다.

꿈은 무엇일까? 나의 잠재의식의 표현? 내가 생각하는 것의 발현? 때로는 가족애를 끈끈하게 하는 본드 같다. 꿈이 있어 나는 오늘도 마음껏 상상한다. 고로 나는 존재한다.

할머니
◇◇◇◇◇◇

올해 아흔여덟이 되시는 우리 할머니. 십 오 년 전에 돌아가신 할아버지와 할머니의 기억은 꽤 많은 유년시절을 장식한다. 소중한 기억을 잃어버릴까 그때그때 메모를 해온 수첩은 이미 너덜너덜해졌다. 하나하나가 소중한 기억이다.

성인이 되고 독립을 한 후에도 틈만 나면 할머니 댁에 찾아갔다. 추석날 천연재료로 色입혀진 송편을 만들기 위해 버스를 3번이나 갈아타고 할머니 댁에 미리 가서 송편을 만들었다. 할머니가 좋아하는 꽃분홍색 옷을 찾아서 시장을 누비며 할머니 옷을 골라서 손에 쥐어 드렸다.

할머니들은 이례 단발에 파마머리를 하지만 우리 할머니는 쪽 빗으로 정갈하게 빗어 넘긴 머리를 검정색 똑딱 핀으로 고정을 하고 다녔다. 자식과 손주가 수십 명이 있어도 아무도 할머니의 패션에는 관심이 없었다. 안타까웠다. 지나가다 고운 핀이 있으면 할머니에게 선물해드렸다. 할머니는 소녀처럼 웃으셨다. 핸드크림도 사드리고 립스틱도 사드렸다. 때로는 꽃다발을 사서 할머니에게 안겨드렸다. 때로는 자식같이 때로는 연인같이 할머니를 알뜰하게 챙기고 돌봐드렸다.

할머니의 모든 게 나를 할머니로 향하게 했지만 할머니의 밥은 먹기가 싫었다. 엄마가 해주는 밥이 가장 맛있었다. 할머니는 이미 눈치를 채셨는지 왜 다른 반찬을 먹지 않느냐고 묻지 않고 항상 고등어를 구워주셨다. 할머니도 알고 있는 게지. 정지에 들어가면 손잡이가 달린 기름때가 켜켜이 들러붙은 시커먼 법랑 후라이팬이 두 개 있다. 하나는 생선용 하나는 그 외. 기름을 넉넉히 두르고 그 위에서 지글지글 구워진 고등어가 왜 그렇게 맛있는지 고등어 반 조각이면 밥 한 그릇은 뚝딱이었다.

지난해 할머니는 칠십년을 정붙여 살던 집을 떠나 요양원으로 들어가셨다. 늦은 밤 엄마의 전화. 형제간 상의 끝에 할머니를 요양원에 모시기로 했단다. 할머니가 돌아가신 것도 아닌데 두 눈에서는 눈물이 멈추지 않았다. 방학이면 할머니 댁에 머물며 할머니와 나누었던 대화들, 할아버지가 모는 소달구지에 올라타 어슬렁어슬렁 밭으로 갈 때 보이던 풍경들, 동구 밖 정자나무에서 우리가 오기만을 하염없이 기다리던 모습, 저녁이면 아궁이의 연기와 소여물 삶던 냄새. 이제는 모든 것을 함께 할 수는 없지만 힘들 때마다 나를 일으켜 세워주는 그때의 기억으로 오늘 하루도 살아간다.

여행

◇◇◇◇

젊어서 해외여행을 다녀보지 않은 나는 아이들을 낳고서야 여행의 재미에 빠졌다. 38개월, 60개월 고사리 손을 양쪽으로 잡고 거리를 활보하는 나의 모습이 멋졌다. 치안이 좋다는 치앙마이에서 우리의 첫 여행은 시작되었다. 낯선 모든 것을 흡수하려 곳곳을 헤집고 다녔다. 멋진 지형이 있다기에 왕복 5시간을 운전해서 두 눈으로 확인하고 저녁엔 풍등을 날리는 러이끄라통 축제를 즐겼다. 람빵의 신비의 호수는 우기에 가는 길이 어려워 1박 2일을 투자해서 다녀오고야 말았다. 그곳에 있는 동안은 어디서 솟구치는지 알 수 없는 에너지가 넘쳐흘렀다. 그럼에도 아빠 없이 아이들만 데리고 다니는 건 힘이 부치는 일이다. 안전에서부터 건강까지 신경 써야 할 것이 한두 가지가 아닌데도 아이들을 데리고 여행을 다니는 까닭은 무엇일까?

밤낮으로 두 눈에 쌍심지를 켜고 다니기를 3년. 겨울이면 치앙마이 바보가 되어 치앙마이만 주구장창 찾았다. 보통사람들이 태국여행의 첫 관문으로 찾는 방콕을 한 번도 가보지 않았다. 지인들은 이제 다른 곳도 가보라는데 그러고 싶지 않았다.

네 번째 치앙마이는 많은 것이 변해있었다. 코비드 이후 폐업한 곳이 늘었고 그들의 미소도 예전 같지 않았다. 나의 마음이 변한 것일까? 그들이 지친 것일까? 나보다 더 섬세한 신랑은 그 변화를 몸서리치게 표현했다. 이러다간 다신 치앙마이에 못 갈 것 같았다. 돌파구가 필요했다. 변화의 도구로 삼은 것은 푸켓 행. 비싸다고 안가겠다는 신랑을 설득했다. 2년 전부터 워킹 맘으로 거듭난 나는 항공비와 숙소비를 책임지겠다고 호언장담을 했다. 바다가 없는 치앙마이의 단점을 푸켓의 바다가 채워 줄 것만 같았다. 국내선이지만 다른 나라에서 비행기를 탄다는 것도 두려운 일 중의 하나였다. 두려움을 물리치고 푸켓 행 비행기에 몸을 실었다.

푹푹 찌는 기온, 난폭한 운전 습관, 미소는 개나 줘버리라는 그들의 무표정이 푸켓의 첫인상이었다. 치앙마이를 극찬하는 사람들이 많은 이유를 다른 도시에 가보니 알게 되었다.

장이 있으면 단이 있는 법. 푸켓의 몰디브라는 라차 섬은 우리가족의 마음을 사로잡았다. 산호가 만들어낸 부드러운 모래가 부서질까 금지옥엽 까치발로 살포시 지르밟았다. 배려에는 화답이 있지. 라차 섬은 푸켓 형님께 서운해말라며 자식에게 젖가슴을 내어주듯 나를 품어주었다.

푸켓의 수줍은 바다가 낮 동안 나의 마음을 지그시 눌러주었다면 구시가지의 밤은 나를 흔들어 깨운다. 태양이 낮의 색을 모조리 훔쳐간 푸켓의 밤풍경은 놀랍게도 다채롭다. 연륜이 쌓여서일까? 새벽녘 곧 갈아입을 색깔들의 향연을 미리 상상한다. 무채색 속에서 꿈틀꿈틀 피어나는 色이 나를 깨운다.

"클럽이라도 찾아가야 하나?"

생각이 드는 찰라 코 속으로 들어오는 대마의 향기. 담배연기와는 질적으로 다르다. 누구나 맡아보면 대마인 것을 알게 되는 자극적인 향기. 여긴 대마가 합법화된 태국이지. 공기 중에 흩어진 연기를 마시고도 쇠고랑을 찰까 신랑의 손을 꼭 잡고 조용한 일식당으로 발걸음을 돌린다. 푸드 코트와 야시장에서 끼니를 해결하던 어제의 우리를 버리고 오랜만에 사치를 부려볼까 했지만 사케 한 병을 주문하고는 이내 취소해버렸다. 푸켓의 아름다운 밤을 술과 지새울 수는 없었다. 금액이 생각보다 비싸기도 했다. 부어라 마셔라 잔을 부딪히다보니 한 시간 만에 후회하고 말았다. 잔으로 시킨 사케의 양은 어느새 한 병을 넘어서 저기 수평선을 넘쳐흘렀다.

창밖에 들리는 새벽시장을 준비하는 상인들의 소리에 잠을 이루지 못했다.

12시부터 시작된 그들만의 축제. 트럭 한가득 과일을 싣고 와 주인 맞을 준비를 한다. 태국 어를 모르는 나는 그들이 뭐라고 하는지 알 수는 없지만 추측해본다.

"어이~ 형씨~ 주차 좀 똑바로 하지 못해?"

"거기 파인애플 트럭~ 자네가 자리를 너무 많이 차지했잖아~ 뒤로 좀 뺄 수 없어?"

"왜 이렇게 꾸물거려~ 이제 곧 동이 튼 다구!~"

음성이 지원되는 듯 그들의 몸짓에 혼자서 한참을 웃었다. 혼자서도 심심하지 않은 여행자이다. 안되겠다. 발코니로 나가보자. 발코니에서 한참을 물끄러미 바라보다 차가워진 바깥공이에 화들짝 놀라 안으로 들어온다. 내일을 위해 다시 잠자리에 들었다. 꿈속에서 그들을 만났다. 이것도 먹어보고 저것도 맛보라며 내손을 잡고 그들의 삶 속으로 나를 이끈다.

여행길에는 새로운 환경과 사람들은 겪어내야 한다. 여행을 즐겨 한다는 것은 그만큼 새로움을 받아들일 준비가 돼 있다는 것이다. 익숙해질 때까지 엄습해오는 두려움, 그 두려움을 이겨 내고나면 그들이 보이기 시작했다. 적응이 끝나는 동시에 헤어질 준비를 한다. 잇몸에 박힌 가시처럼 날 집요하게 괴롭히던 그 새로움은 골동품상점에 내려앉은 먼지처럼 나를 재채기 나게 만든다.

신랑

◇◇◇◇

돈이나 벌어주고 아이들에게 아빠라는 타이틀만 주면 된다. 다른 것은 바라는 게 없었다. 지난 10년간 이방인처럼 서로를 이해하지 못하고 냉전 상태로 지내며 부부사이에 보이지 않는 장벽이 단단하게 쌓였다. 누구보다도 가까워야할 서로를 헐뜯고 상처주었다.

여행에서도 다른 음식, 다른 풍경을 바라보며 불신의 싹을 키우고 있었는지 모른다. 챙겨 받기를 원하는 그는 나의 관심을 끊임없이 요구했다. 어려서부터 독립심이 강한 나는 아이들도 혼자서 하는 방법부터 가르쳤다. 3살짜리 아기도 혼자 하는 것을 바라는 남편이 진저리나게 미웠다. 치앙마이 한 달 살기 중간에 들어온 남편이 나를 불러 세웠다.

"왜 나를 여기까지 오라고 한 거야?

"나는 당신을 여기에 오라고 한 적이 없는데? 스스로 왔잖아"

우리의 대화는 이런 식이었다. 좁혀질 수 없는 거리에는 기어코 왕복 8차선 도로를 건설하기 이르렀다. 빠르게 지나가는 차량들에 치일까 절대 서로에게 다가가지 않았다. 육교를 이용하거나 지하도를 이용할 수도 있는데 그러고 싶지 않았다. 거리를 두고 살고 싶었다.

코로나가 창궐하고 집구석에만 박혀있다 공황이 왔다. 하다하다 이제 공황까지 오는 내 자신이 한심해서 어디 외딴섬에 갖다버리고 싶었다. 이런 상황이 남편 탓도 아닌데 남편 잘 못 만나 이 지경이 되었다며 신세한탄이나 하고 있었다. 십년 전 할아버지가 돌아가시고 아빠는 안방에서 잠을 잘 수가 없다고 했다. 답답하단다. 그때는 이십대라 남을 이해하려고 애쓰지도 않았다. 아빠는 참 이상한 사람이라고만 생각했다. 뭐가 그리도 답답해서 방에 들어가지 못하는 거지? 뭐든 내가 겪어봐야 안다고 한다. 공황을 겪어보지 않은 사람들은 백번을 말해도 이해하지 못한다.

차에 타면 숨이 가빠지고 식은땀이 흐르며 머리에서 열이 끓어오르면서 가슴이 옥죄여온다. 보이지 않는 힘이 사방에서 누른다.

"여기 있으면 안 돼! 넌 곧 죽고말거야."

정신의학과에서 약을 처방받아볼까, 심리상담 센터에 가볼까 고민하다 병과의 싸움을 시작하기로 했다. 지 멋대로 나를 긁어 파서 뒤집어 놓은 녀석을 다스린다는 것도 어찌 보면 말이 안 되는 것 같지만 가능하다고 단정 짓고 나의 의뢰를 받아 실행에 착수했다.

괜찮다. 괜찮다. 마인드 컨트롤을 하고 창문을 열어서 바깥 공기를 통하게 해서 차에 억지로 앉기를 여러 번. 무모한 시도는 상심을 낳고 병을 모르고 덤비는 나를 우습게 보는 그놈을 이길 방법은 없었다. 제주도에 간적이 있다. 우도에서 2인용 전기 차 뒷좌석에 앉았다가 그놈이 훅 하고 들어왔다. 비행기를 타도 괜찮다고 생각했는데 착각이었다. 늘 내안에 숨어있었다.

그렇다면 회피의 방법을 써보자. 내가 제일 잘하는 게 도망가는 거잖아! 내가 손수 운전하는 차만 타고 대중교통을 차단했다. 그렇게 3년이 흘렀다.

어느 날 남편이 말했다.

"남들은 신경도 안 쓰는데 혼자 꽁꽁 싸매고 다녀? 걸치고 있는 건 갑옷이야? 남들이 뭐라 하든지 신경 좀 그만 써"

아이 둘을 낳고 몸매가 망가졌다. 솔직히 그전에도 몸매가 완벽한 것은 아니었지만 몸매의 비결을 아이들에게서 찾으려한 건 핑계대기 좋아하는 내 성격 탓이라고 합리화를 한다. 다람쥐 쳇바퀴 굴러가듯 몇 년째 반복된 일상이다. 이러다 건강한 돼지에서 벗어나는 방법은 다시 태어나는 것 뿐이 없겠어.

아무도 내 뱃살에 관심을 주지 않는다. 혼자서 남의 시선을 의식했다. 아이들이 큰소리로 떠들어 남들에게 방해가 되지는 않는 건지, 친구에게 한 말이 상처를 준 것은 아닌지.

별것 아닌 것에 의미를 두고 쉽게 상처받고 속상했다. 이것이 공황의 이유였던 것 같다. 내가 바뀌어야 병도 사라지고 정상적인 생활을 할 수 있겠다. 사람은 바꿀 수 없다지만 한번 바꿔보자. 생각이 바뀌니 남편이 달리보이기 시작했다. 좀 잘 살아야겠다는 생각이 들기 시작했다.

밉다 밉다하니 미운정이 들었다. 살아보니 정이란 게 사랑보다 무섭더라. 가까이 가기 싫다는 그 마음부터 죽여 버리고 상대에게 솔직해지기 시작했다. 배려한답시고 속으로만 꿍하게 담아뒀던 말을 겉으로 내뱉었더니 처음에는 부작용이 심했다.

"그동안 나를 그렇게 생각하고 있었냐? 그딴 식으로 말하다니 충격이다."

이게 맞는 방법인가? 사이가 더 나빠지는 것 같은데……. 그만 포기 하고 싶었다. 그러던 중 집 앞에 생긴 살얼음 맥줏집. 이름도 정겨운 역전할맥. 할머니가 내어주는 안주거리와 맥주를 먹는 느낌이다. 맛있는 맥주를 한잔 두잔 들이키다보니 동지가 되었다. 오고가는 술잔 속에 상대가 보이기 시작했다. 처음엔 둘 사이가 어색해 아이들과 같이 하던 자리는 이젠 둘이서 두 손을 꼭 잡고서 집을 나선다.

그것이 구심점이 되어 이젠 없어서는 안 될 친구가 되었다. 서로를 알아가는 긴 시간, 비록 싸움으로 쟁취한 것이지만 그 시절이 지금의 우리를 만들었다.

누가 나를 공격할까 하루 종일 입고 있는 갑옷을 벗어 던질 때가 왔다. 나를 믿고 든든히 지원해주는 신랑과 함께. 오늘 결혼한 신혼부부처럼 서로에게 없어선 안 될 신랑신부가 되어.

착한며느리

◇◇◇◇◇◇◇◇◇◇

착한며느리. 사랑받는 며느리가 되고 싶었다. 어딜 가든 관심 받고 사랑 받고 싶은 나의 본능이 결혼에도 그대로 반영된 것이다.

홀어머니와 외아들. 집안 사업을 하는 어머니와 아들은 하루 종일 붙어있으면서 틈만 나면 언성을 높였다. 둘 사이에서 눈치를 보며 고래싸움에서 새우등 터지기가 일쑤였다.

어머니와 아들의 관계는 특이했다. 부부라도 된 것 마냥 활시위를 서로에게 겨냥하고 서로를 잡아먹지 못해 안달 난 맹수들 같았다. 적어도 그랬다. 내 눈에는.

아들이 다정하지 않을수록 시어머니는 나에게 의지했고 그땐 싫지 않았다. 이런 척박한 환경에서 살아남으려면 가족의 화합이 중요하다고 생각했으니까. 아버님이 돌아가신지 얼마 되지 않아서 어머니도 많이 외로웠을 터. 새벽에 찾아오시는 것도 연락 없이 현관문 비밀번호를 누르고 오는 것도 이해했다. 이른 아침이나 아기가 자는 시간에 온 전화를 못 받으면 불같이 화를 내셨다. 아기를 재우느라 작은 목소리로 전화를 받으면 상냥하게 전화를 받지 않는다고 몰아세워도 내가 감당할 몫이라고 생각했다.

나도 같은 여자이니까. 같은 엄마니까. 거기다가 내가 장녀인 것도 한몫을 한 것 같다. 친구든 가족이든 받는 것보다 챙겨주는 게 익숙했다. 시어머니에게도 챙겨주는 버릇이 고스란히 드러났다. 그렇게 5년을 살았다.

쓸모의 미학

내가 힘들지 않았을 때는 아무렇지 않았다. 이렇게 사는 게 맞는 것이라 생각했다. 둘째 아이가 태어나고 몸이 힘드니 그 모든 것이 버겁게 다가왔다. 아기 둘을 돌보는 것도 힘든데 남편도 모자라 시어머니까지 챙기려니 오죽 했을까?

전화벨 소리만 들어도 온몸이 긴장되고 심장이 두근거리는 전화공포증이 있다고 한다. 콜포비아라고 한다. Call(전화)와 Phobia(공포증)의 합성어이다. 전화를 걸거나 받는 것을 무서워하는 현상이다. 단순히 전화를 거는 것과 받는 것을 기피하는 것이 아니라 통화 전 필요이상으로 긴장하게 된다. 희한하게 시어머니의 번호가 전화기에 찍히면 바로 받지를 못하고 그 자리에서 얼어버렸다.

"지금 만나야해. 회사에 중요한 일이 있어."
"점심에 시간이 어떠니?"
"네 신랑 얘기 좀 할 게 있다."
대부분 사소한 일들을 핑계 삼아 전화를 걸으셨다. 지혜롭게 헤쳐 나가고 싶었지만 그러지를 못했다.
"에라 모르겠다. 될 대로 되겠지" 전화를 하루 종일 꺼 놓은 일도 왕왕 있었다. 이제 결혼 십년차이지만 아직도 전화공포증은 나를 괴롭히고 있다.

며느리가 봉인가보다. 봉 춤을 추고 있는 사람을 보면 아름다운 곡선의 모습이 매료시킨다. 아마도 시어머니는 '며느리'라는 봉이 튼튼할 것이라고 생각하고 마음껏 춤을 추셨으리라. 그 봉이 녹슬고 삭아서 더 이상 춤꾼에게는 쓸모가 없어진 것인지도 모른 채 춤사위에 빠져들었을 것이다. 그러다 버티지 못한 봉이 부러져 버리자 봉에게 화를 낸다. 봉 탓만 한다.

"내가 얼마를 주고 산봉인데 이렇게 허접하게 부러지는 거야?"

며느리 하나만 감내하고 살면 될 것이라고는 하지만 말이 쉽지 모두가 그리 쉬우면 고부갈등이라는 말이 생겨나지 않았으리.

사람의 관계도 마찬가지다. 한두 번 삐꺽할 때 바로잡고 친해지기 시작하면 더 조심해야 한다. 모두 망가져 버리고난 뒤에는 회복이 불가능하니까.

'관계자 외 출입금지' 표지판이 있다. 마음에도 이런 표지판이 있다면 얼마나 좋을까? 마음 앞에 딱 붙여놓고는.

〔나와 관계없는 사람의 마음은 출입을 금지합니다.〕

손톱깎이

◇◇◇◇◇◇◇◇

도대체 몇 개나 있는 거야? 방구석에 굴러다니는 손톱깎이만 해도 서너 개가 넘는다. 손톱을 깎으려 손톱깎이를 들었다. 모양도 여러 가지. 나 어릴 때는 손톱깎이의 모양은 하나이고 딱 한 개의 손톱깎이만 굴러다녔는데 이젠 손톱깎이도 진화를 했다. 커브형, 발톱용, 손톱용, 아기용 등 무궁무진하게 진화한 것이 손톱깎이다. 세상이 변한만큼 손톱깎이도 진화해야 살아남을 수 있나보다.

첫째아이가 어릴 때는 손톱을 깎아주다가 생살을 자른 적도 있다. 고 작은 것이 무슨 힘이 그리도 센지 그 후부터는 손톱깎이를 무시 하지 않기로 했다.

여행을 떠날 때도 손톱깎이를 가지고 다닌다. 네일아트를 하지 않는 손톱은 손톱깎이로만 단정한 정리가 가능하다. 자르고 다듬고 두 단계로 나의 네일아트는 끝이 난다. 한국산 손톱깎이의 품질은 세상 어느 곳에 내놓아도 뒤지지 않는다고 한다. 여행지마다 넉넉하게 손톱깎이를 가지고 다니며 여행지에서 만난 현지인에게 선물하기도 딱 이다.

손톱깎이의 쓸모가 손톱을 깎을 때만 발휘되는 것이 아니다. 가위가 들어가지 않는 작은 것들을 자를 때도 유용하게 이용된다. 한번은 케이블타이가 잘리지 않아 고생을 하고 있었는데 손톱깎이가 구세주처럼 등판해서 나를 살려주었다.

하지만 요 작은 것이 숨어있는 것을 좋아 한다. 잘 둔다고 둬도 필요할 때면 사라지고 없다. 한참을 찾다가 포기하려고 하면 나타난다. 아주 요물이다. 집안에 있는 물건들도 마찬가지. 아무리 제자리에 두어도 사라진다. 내가 물건을 둔 곳은 기억 못하면서 아이들이 잃어버리면 불 같이 화를 낸다. 이러다 용으로 환생할 지도. 결국 그 불은 나에게 돌아올 것을 알면서도 분노조절장애자처럼 순간을 참지 못한다.

아이를 키우면서 이런 일이 한두 번이 아니다. 먹을거리에 진심이다 보니 식사를 준비하는 나의 주방은 혼돈의 카오스 그 자체이다. 저녁을 준비하던 중 차를 빼달라는 전화에 현관으로 달려갔다. 마음은 급한데 차키가 걸려있지 않다. 그날따라 차키를 잘 둔다고 퇴근 후에 책상에 올려두고는 원래 있던 현관에 걸려있지 않다며 아이들을 잡았다.

"너희들이 엄마 열쇠를 가지고 놀다가 다른 곳에 둔거 아니야? 리모컨도 항상 찾게 만들고! 이젠 열쇠까지 숨겼어? 너희들이 분명 들고 있는 걸 봤는데!!"

분주한 시간속의 나는 정체성을 잃고 또다시 용이 되지 못해 땅에서 방황하는 이무기가 되어 아이들을 물어뜯었다. 나도 옷을 벗어 허물 남기듯 거실 한편에 떡하니 놓고는 아이들이 그런 행동을 하면 화가 머리끝까지 난다. 나의 잘못을 보는 것 같고 내말을 귀똥으로도 안 듣는 것 같아서 괘씸하다.

그런 어미가 뭐가 좋은지 아이들은 잠자리 누우면 서로 내 옆자리를 차지하려 다툰다. 또 화를 내려다 참아본다. 성대결절로 고생하며 책을 읽어준 게 십년이 넘었다. 이 짓을 언제까지 해야 하나 싶다가도 아이들을 생각하면 어느새 두 손에는 책이 들려있다. 그림책을 읽어주고 가만히 누워 아이들이 잠들 때까지 기다린다. 먼저 일어나서 나올라치면 귀신같이 알아채고 옷자락을 꼭 쥔다. 그땐 책읽기부터 다시 해야 한다. 나의 휴식을 위해 시체놀이를 하는 모습이 우습다. 아이들에게 나는 매일이 죄인이다. 내일은 좀 더 나은 부모가 되어야지 화내지 않는 부모가 되어야지 다짐하며 아이들에게서 인생을 배운다. 그리고 어른이 되어간다.

첫사랑

◇◇◇◇◇◇

여고시절 어느 추운 겨울날 폐가 안 좋은 할아버지의 정기검진을 위한 여정을 총지휘했다. 지금에 와서 생각해보면 열여덟 여고생에게 총대를 맡긴 부모님도 참 대단하다. 이동시간, 병원대기시간, 진료시간이 꼬박 하루가 걸린다. 막중한 임무를 맡은 나는 기차역에서 병원까지 가는 동선을 미리 연습하고 사춘기 소녀답게 뭐를 입고 갈지도 고민했다. 거동이 불편한 할아버지를 모시려면 치마는 안 돼. 기차에 오르내리기 쉽게 편한 옷을 찾아야 해. 입을 옷이 변변찮았다. 마땅한 옷이 없어 무리한 시도를 했다. 남동생의 옷을 빌려 입었다. 그때도 지금처럼 패션페러리스트의 유전자를 과감하게 드러냈다. 당시 최신 유행하는 두 줄이 그어져 있는 빨간색의 트레이닝복이었다. 하의 품이 한복바지처럼 넓고 상의는 여자도 마동석으로 만들어 주는 희귀 아이템이다. 소위 잘나간다는 학생들만 입는 옷이었다. 친구들을 만날 때라면 절대 입지 않을 옷차림. 설마 기차역에서 아는 사람을 보겠어? 걱정은 잠시 넣어두고 할아버지를 보필했다.

대구 역에서 내려 아빠가 알려준 번호의 버스에 오르며 어린마음에도 검사결과가 나쁘면 어쩌나 하는 걱정에 초조한 마음이었다. 동산병원으로 가는 길은 생각보다 가까웠고 검진 결과도 좋아 가벼운 발걸음으로 병원을 나설 수 있었다. 병원 앞 서문시장에서 국수 한 그릇 씩 먹고 대구 역으로 돌아가 김천으로 가는 기차를 기다리고 있었다. 플랫폼에 올라 벤치에 앉으니 하루의 긴장이 풀어져 눈이 저절로 감겼다.

기차가 선로에 진입하는 소리에 깜짝 놀라 눈을 뜨니 저 멀리서 보이는 실루엣이 낯설지가 않다. 길쭉한 기럭지에 작은 얼굴. 약간 구부정하지만 떡 벌어진 어깨. 햇빛에 그을려 매력적인 검은 얼굴. 하프코트에 일자 핏 정장바지에 서류가방을 들고 있는 남자. 어? 어? 지리 선생님이다. 우리 학교의 유일한 총각선생님. 설마하며 애써 외면한 시선은 내 앞에서 멈춘 구둣발과 마주쳤다. 불안한 예감은 틀리지 않았다. 선생님이었다.

나의 빨간 추리닝을 보고 뭐라고 생각할까? 패션센스가 아주 꽝이라고 하겠지? 앞머리를 정수리까지 끌어올려 질끈 묶은 머리를 보고 실망하진 않을까? 갈 곳 없는 눈동자는 선생님께 박혀버렸다. 입은 곧 침이 줄줄 샐 것 같이 반은 열려 있었다. 선생님은 나를 기다렸다는 듯이 가지런한 치아를 환하게 보이며 나에게 손을 흔들어 보였다. 얼굴과 상반되는 하얀 치아에 눈이 멀 뻔했다

내 얼굴을 추리닝과 같은 붉은색으로 변했고 선생님은 그런 내가 우스운지 계속 피식거리며 말을 걸었다. 조부모님을 모시고 병원을 다녀왔다고 하니 기특하다며 머리를 쓰다듬어 주신다. 찌릿 전기가 왔다. 야릇한 느낌도 잠시. 내 모습이 부끄러웠다. 그 순간만큼은 제발 내 앞에서 사라져주었으면 좋겠다. 겨우 작별인사를 하고 벌렁거리는 가슴을 부여잡고 기차에 올랐다. 그 후에도 인연인가 생각이 들 정도로 전혀 예상할 수 없는 장소에서 선생님을 자주 만났다.

첫사랑은 이루어질 수 없다고 한다. 그래서 더 아름답고 소중하게 추억된다고 하지. 20년이 훌쩍 지난 지금도 선생님을 짝사랑하던 기억의 추억보따리를 열어 그때의 삶으로 여행한다. 아무런 대가없이 나를 초대한 선생님은 나의 손을

쓸모의 미학

잡고 자유롭게 날 수 있게 도와준다. 선생님 덕에 지리에 관심을 가질 수 있게 되었고 오늘도 여기 저기 날아다니며 여행하는 꿈을 꾸고 실현할 힘을 얻는다.

지문

◇◇◇◇

지문은 유일무이한 것이다. 나를 증명하기위해선 지문이 필요하다. 험한 일을 하고 살지도 않았는데 나의 지문은 닳고 닳았다. 아! 매일 독한 세제에 손을 담그며 하루 세 번 설거지도 모자라 속옷 빨래도 손수 하는 구나. 이정도면 닳을 만한건가?

무인발급기에서는 각종 증명서를 무료로 발급 받을 수 있다. 지문하나면 된다. 그렇지만 나는 무인발급기 이용불가한 사람이다. 사람이 아니라서 이용을 못하나 싶어 주민 센터에서 물어보니 신분증을 재발급 받으란다. 지문을 새로 등록시키면 된단다. 언제 닳아서 없어질지 모를 지문을 다시 등록하는 수고가 없어질까 싶어 "다음에요." 하고 돌아선다.

증명서가 필요할 때마다 수수료를 지불하고 증명서를 발급받는다.

오랜 여행에서 돌아온 날 유난히 잠자리가 무섭다며 나에게 찰싹 달라붙는 아이. 그날 밤 꿈속에서 나는 전쟁 속 길 잃은 난민이 되어 지하 어딘가로 숨어들었다. 그러다 영화 해리포터의 마법약 교수가 나의 영혼을 빼앗아갔다. 공중에 붕~ 떴다가 땅으로 내려와 (지금 생각해보니 넷플릭스 시리즈 글로리에서 주인공의 학교 동료 추선생과 똑같이 생겼다. 충격적인 내용을 접한 뒤라 그런 꿈을 꾸었나?) 정신을 차려 보니 나의 지문이 사라져 있었다. 나의 정체성도 잃고 지문도 잃으니 더 이상 내가 아니었다. 혼란 속에서 현실세계로 돌아왔다.

이 꿈이 나에게 전하고자하는 바가 무엇일지 오전 내내 생각했다. 꿈이 나에게 말하고 싶었던 건 무엇이었을까? 나를 증명하는 세상에서 하나뿐인 지문. 지문을 지키느냐. 생활을 유지하냐. 소크라테스보다 깊은 고민이다. 아마도 나 자신을 잃지 말고 나만의 고유함을 유지하며 주위환경에 휘둘리지 않는 단단한 내가 되기를 바랬다보다. 마음속 깊숙이 잠재의식 속에 나를 지켜보는 원초적인 나로부터의 주문!

쓸모의 소주제를 하나씩 살펴보니 모두가 가족에 관한 이야기다. 일상이 모여 내가 되고 하나하나가 소중하다는 것을 글을 쓰며 깨달았다. 그것의 쓸모를 떠나 소외된 것에도 관심을 가지는 내가 되어야겠다. 혼자서는 살 수 없는 이 세상을 가족과 함께 쓸모 있는 삶을 살아야겠다.

그리고 쓸모없는 것은 아무것도 없었다.

조
준
휘

머리말

정해진 방식과 구조는 지루하다. 차후의 효과를 바라고 만들어진 수단의 산물이다. 덜어내고 또 덜어내고 싶다. 나의 깊숙한 곳에 있는 솔직한 무언가를 꺼내고 싶었기 때문에. 맑은 유리알 같은 솔직함을 적어내고 싶다. 그러기 위해서는 형식적인 부담을 줄이고 개인적인 시선을 적는 것이 더 어울릴 것이라 생각한다. 사회와 대중에 속해 살아가지만, 이 글만큼은 개인으로써 글을 쓰고 싶다. 조준휘라는 사람의 개인적 즐거움과 시선을 공유하려 한다. 세상 구석구석에서 아름다움을 찾고 삶을 풍요롭게 살아가는 것이 나의 목표이자 이번 글의 주제이다. 더불어 이 글은 120퍼센트 취향으로 범벅된 글이다. 하지만 사람 사는 것이 모두 엇비슷하기에 각자의 고민에 대한 정답이 담겨있을 지도 모르겠다.

흔한 고민이었다. 하고싶은 것과 해야 하는 것 사이의 고민이었다. 그 사이에 놓인 젊은, 또 철없는 고민이었다. 그 고민과 함께 입대했고, 군대에서는 시간과 정신이 많았다. 고민을 해결하기 위해 책을 여러 권 읽었고, 그러다 즈이히츠를 마주했다. 즈이히츠는 붓 가는 대로 쓴다를 의미하는 일본 문학 형식이다. 마치 정해지지 않은 글자를 쓰는 붓을 따라가듯이, 주저하지 않고 자신의 느낌을 따라간다. 중립적 이론보다는 주관적 견해의 서사였다. 뒤 뷔페의 우룰루프같다. 더불어 그것이 어린 아이의 고집처럼 느껴지지 않고, 융통성 있는 취향으로 느껴졌다. 그래서 더욱 따라하고 싶었다. 취향의 옳고 그름을 따질 수 없기에 즈이히츠를 온전히 즐기고 음미할 수 있었다. 그 즐거움을 만끽하고 난 후, 나중의 나의 첫 글은 꼭 즈이히츠를 적겠다고 다짐했다.

대부분 글의 재료는 스스로 감각한 것으로부터 회고한다. 태어나면서부터 지금까지의 이야기 중 기억에 남는 경험과 생각들을 즈이히츠를 적어보려 한다. 즈이히츠는 일본의 문학이지만 한국의 수필과 상당히 유사하다. 수필과 동일하게 신변잡기에 대한 감상과 느낌을 자유롭게 서술하지만 형식적인 측면에서 더욱 자유롭다. 일기 혹은 끄적거림에 가깝다. 형식의 개입보다는 자신의 경험과 느낌에 대해 많이 사유하게 된다. 누구든지 자신에 대한 고찰이 필요하다면, 즈이히츠해보기를 권한다. 외국의 어떤 작자는 자신에게 망명하여 글을 쓴다고 한다. 짧은 삶 속에서 자신을 반추하는 것은 즐겁고 유의미한 행위다.

구조와 틀이 없기에 글이 어수선할 수 있지만,
왜.. 시장에서 펼쳐 놓고 파는 채소가 또 신선하지 않은가.

통찰. 2008년. 1박2일을 보던 주말 저녁

"형아야, 근데 사람들이 어느 순간부터 다 똑같이 움직이는 거 같다. 아니 그렇잖아. 염색도 모두 갈색으로만 하고 자기가 하고 싶은 색이 있을 거 아냐. 근데 요즘 사람들은 염색하면 다 갈색으로만 하잖아. 난 사람들이 다 똑같이 생각하고 행동하는 거 같아서 좀 별로인 듯..."

주말 저녁 밥을 먹고나면 항상 1박 2일을 봤다. 그 당시 TV에 나오던 사람들이 대부분 염색을 했고, 대부분 갈색이었다. 모두 똑같은 염색을 하는 것처럼 보여서 어린 나는 싫증이 났다. 항상 궁금한 것은 형한테 먼저 물어보았다. 하지만 형은 아주 간단한 정답을, 아니 해답을 주었다.

"검정색에 갈색이 추가되었으니까 세상은 더 다양해진 게 아닐까?"

나는 처음으로 신기한 감정을 느꼈다.
갇힌 생각 속에서의 부끄러움, 그 밖을 구경한 자유로움.

오야꼬동

◇◇◇◇◇◇◇

닭과 달걀
과정과 결과
내용과 형식
사랑과 우정
이성과 감성
보이는 것과 보이지 않는 것
보수와 진보

과학과 종교

겸손과 자신감

하고 싶은 것과 해야 하는 것

오야꼬동은 닭고기와 달걀이 한 데 어우러진다. 서로 해치지 않고 어우러져 맛을 낸다.

그나저나, 어우러진다는 말.

참 좋다.

세상보다 작은 바둑판

◇◇◇◇◇◇◇◇◇◇◇◇◇◇◇◇◇◇◇◇

고수와 한 판 두면 어느 순간 내 돌은 모두 죽어 있다. 수 싸움에서 밀린 것이다. 좁은 시야는 당장의 싸움을 이기게 만들지만, 큰 싸움에서는 지는 형국이다. 그렇다고 다음 다음의 수를 신경쓰다 보면 눈 앞의 돌이 금세 죽어버린다. 적당히 살을 내주되 너무 내주지 말아야 한다. 또한 뼈를 취하되 욕심부리지 말아야 한다. 치열한 눈치싸움이다.

바둑판에 놓여진 고작 몇 개의 돌은 끝없는 상상의 우주를 만든다. 고민과 고민. 361개의 자리 중에 매번 끊임없이 최선의 자리를 찾는다. 멈추지 않고 최고의 수를 두어야 한다. 선생님에게 배운 내용이다. 충분히 알고 있지만 오늘도 바둑을 졌다.

인생은 바둑판보다 훨씬 크고 복잡하며 정교하다. 나에게는 바둑판에서도 어려운데, 삶을 어떻게 풀어낼 수 있을까.

그래도 다행이다.

우리 인생은 항상 최고의 수를 두지 않아도 행복할 수 있다.

복기

◇◇◇◇

기원에 가면 기보 외우기를 중요하게 배운다. 유명한 기보들을 끊임없이 복기하다 보면 패자의 입장에서도 바라보게 된다. 참 이상한 일이다. 패자의 눈에서 봤을 때, 패자도 끊임없이 최선의 수를 두고 있다. 어쩌면 누군가의 실력을 규정하기에는 세상은 꽤 많은 것이 정해져 있다는 씁쓸한 생각을 했다. 모두가 최선을 다하지만 모두이기 때문에 차선이 생기기 마련이다. 2명의 세상인 바둑판에서도 그렇다. 승과 패라는 극명한 대조가 나타난다.

세상에 놓인 것은 결과밖에 없다는 말이 생각난다. 참 씁쓸하다. 기원의 인상쓴 것처럼 보이는 어르신들은 패배한다고 결코 우울해하지 않는다. 오히려 좋은 대국을 즐긴다. 세상은 결과로 이루어져 있고, 최선은 차선이 되기도 하지만

즈이히즈

너무 우울해질 필요는 없다. 차선은 가능성을 의미하기도 한다.

소화 그리고 포화

◇◇◇◇◇◇◇◇◇◇◇◇◇◇

모든 것은 소화작용을 수행한다. 나무, 동물, 인간, 산업, 컴퓨터.. 모든 것 말이다. 그리고 모든 것은 소화를 하다 포화상태를 겪기 마련이다. 포화 상태에서의 선택지는 3가지. 소화해내거나, 장애를 겪거나, 진화를 한다. 소화는 해결을 의미하고, 장애는 도태로 불리고, 진화는 혁명이다. '소화'를 '소화'로 이해하고 생각하는 호모 사피엔스 이전에도, '소화'는 태초부터 존재했다.

최초의 진화는 세포 내의 소화 장애에서 출발했다. 농업 혁명은 수렵으로 해결하지 못 할 가족단위가 포화상태에 이르렀다. 산업 혁명도 또한 그렇다. 모든 무언가의 혁명, 진화, 발전에 가까운 것은 포화상태에 이르러서야 실현되었다. 소화 그리고 포화. 끝이 또 다른 시작을 의미하듯이, 포화 상태의 해소는 다른 소화의 시작을 의미한다.

엔트로피가 말하듯이, 모든 것은 어떤 방향으로 나아간다. 끊임없이 커지고 발전하고 변한다. 한 평생을 가만히 있는 것을 본 적이 없고 본 사람도 없을 것이라 믿는다. 계속 변한다는 것은 다음의 것을 의미하기도 하고 돌아가는 것을 의미하기도 한다. 하지만 대부분의 것들이 적응하는 과정 속에서 진화한다. 진화하는 과정 속에서 소화를 하게 되고 그 끝에는 포화에 이른다. 포화는 진화를 유도하고 또 그렇게 변화한다.

이 글은 모든 것이 변하고 있다는 나의 철학이 기저에 깔려 있다. 이 글은 세상 만물이 변한다고 하는 글이지만 더 중요한 것은 내가 변한다는 것이다. 어제의 태양과 오늘의 태양을 구분할 능력은 인간에게 없지만, 다르게 느끼는 능력은 충분하다. 변한다는 것은 슬프지만 좋은 것이다.

노자와 함께 바라보는 무지개

◇◇◇◇◇◇◇◇◇◇◇◇◇◇◇◇◇◇◇◇◇◇◇◇◇◇◇

세상 모든 것은 변한다. 당신도 그렇다.

어쩌면 당신은, 눈 앞에 있는 모든 것들이

그 자리에 있는 고정된 것이라 믿을지도 모른다.

하지만 피하기 어렵다고 믿고 있는 일조차

이윽고 사라지거나 변한다.

어떤 일이든 어떤 것이든, 언제 어찌될 지 알 수 없다.

이 세상 모든 것들은 열린 상태로 그 곳에 있다.

세상 만물은 변하고, 생겨났다가 사라지므로

그 불안정함을 두려워할 필요는 없다.

그러기는 커녕

자신이 가능성으로 가득 차 있는 존재임을 이해한다면

까닭 모를 불안에서 벗어나게 되리라.

어떤 것을 알고 싶다면 언어에 의존하지마라

세상만물을 알고 싶다면 언어에 의존하는 것을 그만두어야 한다.

언어에 의존해서 생각할 때는 '안다'고 하는 암묵리의 작용이 멈춰버리기 때문이다.

〈도경〉

2500년 전에 쓰여진 책은 복잡하고 다양한 현 시대의 허를 찌른다. 우리는 무언가를 규정하고 얼버무리는 것을 좋아한다. '동양인', '페미니스트', '야당 혹은 여당', 등등.. 우리는 개개인을 이런 특정 언어로 묶어 놓고 서로 미워하거나 으르르렁거리기도 한다. '돈'도 마찬가지다. 돈이라는 개념에 얽매여서 돈 없이는 살 수 없다고 미디거나 돈으로 환산할 수 없는 가치들을 놓쳐버린다.

무지개의 색깔은 7개가 아니다. 134~207가지의 색으로 구분될 수 있는 무지개는 우리에게 7가지로 한정지어지고 있다. 다른 나라를 가면 5개, 심지어 2개로도 한정되기도 한다. 이 간단한 사유로 헤아려 볼 수 없을 뻔한 깊은 생각을 끌어낼 수 있다.

당신의 무지개의 색깔은 몇 가지인가요.

고찰

◇◇◇◇

미래의 이야기는 아무도 모른다. 제 1철칙이다. 정말 미래는 알 수 없다. 하지만 세상에는 "거 봐, 내가 말했잖아" 라고 말하는 듯, 사업을 꾸리거나 방송에 나와서 유명해진 사람들도 참 많다. 그들 중에는 실제로 그렇게 말하는 사람도 있다. 분명 소크라테스는 무지의 지혜를 가르쳐주었거늘, 대부분의 것을 아는 것처럼 말한다. 참 재밌는 일이다. 왜 그럴까. 니체에게 정답을 물어본다.

니체의 관점주의. 조망주의라고 불리는 이 철학은 내 인생을 꿰뚫는다. 우리는 정해지지 않은 파도치는 바다와 같은 자연에서 살고 있다. 누가 파도의 물결을 측량하겠는가. 내가 포항에서 한 20년 살아봤는데, 측량한 사람을 한 번도 보지 못했다. 하지만 사람들은 그것을 사진 찍고, 동영상으로 남겨 마치 모든 물결의 높이가 그러한 것처럼 말한다. 궤변이다. 자연의 이치를 어찌 알겠는가. 소크라테스는 차라리 모른다고 말한 것이다. 사진과 동영상 속의 물결들은 사람들에게 '파도'로 정의되고 통용된다. 그 사진에 갇힌 수많은 사람들은 다음 파도를 알 수 있다. 미련하게도, 실제는 그렇다고 믿을 뿐이다. 소크라테스를 죽인 궤변론자들은 참 죽지 않는다.

공자를 보는 길, 고등학교 1학년 자습시간

야이 썩을놈아. 지금 잠이 오나. 영어 단어 한 자 더 보고, 노트 한 장 더 써도 모자랄 판에 지금 꾸벅꾸벅 졸고 있으면 되겠냐. 지금 이 시간에도 부모님은 째빠지게 일하고 있는데 시원한 에어컨 바람 밑에 앉아있으면서 잠이 오냐 이 말이야. 그리고 너거 옆에 앉은 아가 자고 있으면 깨워줘야지. 니는 가만 보고만 있나? 니 공부만 하면 다다 이거야? 그래가 성공하면 그게 무슨 의미가 있노. 어이?

공자가 죽고 난 후, 제자들이 3년 동안이나 상을 치뤘다는 것에 큰 공감이 간다. 내 인생의 가르침 중 정말 많은 것을 받은 고등학교 선생님들은 공부를 가르치지만 공부가 중요하지 않다고 말씀하셨다.

별난 사람들이다.

우리를 바라보는 눈빛이 참. 별 같았다.

헤겔과 쇼펜하우어와 니트와 세상.

세상이 잘 직조된 니트처럼 느껴질 때가 있다. 진실과 표상이 교차하면서도 그것이 멀리서 보면 참 자연스럽다. 또, 햇살처럼 따뜻하면서도 튀어나온 실타래 정도는 티도 나지 않는다. 자연스럽다는 표현이 자연에서 비롯된 것이 새삼 새롭게 느껴지기도 한다. 쇼펜하우어가 옆 강의실에서 수업하던 헤겔을 증오했던 사실과는 무관하게 많은 사람들이 헤겔을 공부하고 쇼펜하우어의 의지를 따른다. 사실 세계가 표상이든 변증법이든 뭐가 중요하랴. 니트가 추위에서 몸을 따뜻하게만 해준다면 뭐든 좋다.

선글라스, 러닝을 마치고

나는 러닝할 때, 항상 선글라스를 끼고 달린다. 햇살이 강한 날이 아니더라도, 선글라스를 끼고 장시간 달릴 경우에 눈이 덜 피로하다. 러닝이 끝난 후, 선글라스를 벗으면 생각보다 강한 햇빛에 큰 괴리를 느끼곤 한다. 그러다 문득 생각이 든다. 사람들은 색안경을 많이 끼고 살아가는 게 아닐까? 그리고 그것을 벗어 던질 때, 사람들은 색안경 속에 살던 기억과의 괴리를 느낀다. 마치 100년 전의 남녀칠세부동석이 자연스러웠던 것을 이상하게 느끼는 것처럼. 시대가 가지는 문화와 전통은 사람들에게 벗기 힘들 정도로 거대한 색안경을 씌운다. 우리는 그 색안경 속에서 생활하고 사회를 이룬다. 10000년 전의 노예제도, 1000년 전의 인종차별, 100년 전의 남녀차별. 우리는 계속 색안경을 벗고 더 중요한 가치를 찾아 나서고 있다. 하지만 아직도 어떤 색안경 속 안에 있을 지 끊임없이 의심해 봐야 한다. 오늘은 마치 니체가 된 것만 같다.

이 별의 사람들은 태어나면서부터 안경을 낀다. 밥을 먹고 움직이다 보면 안경의 색은 조금씩 변한다. 그렇게 시대와 문화와 동네와 가정의 색을 가진 안경을 쓴 채로 평생을 살아간다.

구

∞

이분법적 사고는 시소처럼 한쪽으로 치우칠 것만 같다. 그래서 위태롭다. 위태롭지 않기 위해서는 좌우의 문제만 되어서는 안된다. 축이 더 필요하다. 머릿속으로 그려지지 않아 마음속의 공간을 그린다. 그렇게 축을 하나씩 늘려간다.

구가 된다.

악역이 없는 비극

◇◇◇◇◇◇◇◇◇◇◇◇◇◇◇◇

오늘도 2시 출근이다. 원래 3시 반 출근이지만 가게가 바빠서 빨리 와줄 수 있냐는 매니저님의 카톡 덕분에 조금 더 일찍 출발한다. 연장근무는 쩜오배가 더 붙기에 나름 기분 좋은 바쁨이다. 엘리베이터 문이 열리고 매장에 가득찬 손님들을 피해 라커룸으로 들어간다. 오늘따라 사람들이 많다. 꽤나 고된 하루를 예상하며 조용히 한숨을 내쉰다.

나는 누구나 들으면 알 법한 뷔페에서 일한다. 주 업무는 식기세척기에서 나온 수저와 식기를 점검하는 것이다. 그릇의 물기를 제거하고 이물질들을 확인하고 매장에 세팅한다. 간단한 일처럼 보이지만 하루에 수 백, 수 천개씩 쏟아져 나오기 때문에 업무 강도가 꽤 높다. 물론 이 식기들을 직접 설거지하는 업무보다는 비교적 쉽겠다. 이 일을 시작한 후로 이상한 점을 느꼈는데, 설거지 담당은 대부분 장애인을 고용한다. 안 그래도 고된 일을 굳이 사회적 약자에게 맡기는 이유는 매장 내 혜택에 있었다. 기업의 정책이겠지만 장애인 고용을 우선으로 하면 직영점에 인센티브 혜택을 준다. 하지만 설거지 일이 고되기 때문에 많은 사람들의 잦은 입사와 퇴사를 볼 수 있다. 힘든 일에 '굳이'라는 생각이 든다. 요상하다.

더 이상 잡생각을 할 시간이 없다. 유니폼으로 환복한 후 빠르게 식기세척장으로 발걸음을 옮겼다. 오늘도 또 새로운 분이 설거지를 하고 계셨다. 귀가 잘 들리지 않았다. 시끄러운 식기세척기의 소리뿐만 아니라 직원들의 소리도 잘 들리지 않는 듯 했다. 원래 처음 일하는 분들에게는 낯선 환경에 적응할 수 있기 위해 천천히 인계과정을 가진다. 하지만 손님들의 많은 입점은 따로 고려사항이 되지 못한다. 바쁜 날에는 하는 수 없이 바쁘게 배워야만 한다. 그렇게 애써 쌓여 있는 기물들을 다들 외면하고 있던 와중, 주방 사람 한 명이 온다. 그는 조용한 한숨을 내쉬며 설거지를 했다. 2시간 가량을 땀구슬을 흘리며 쌓인 기물들을 해치웠다. 그렇게 앞치마를 풀면서 다시 주방으로 돌아간다. 원래의 설거지 담당은 얼굴이 붉어진 채로 그 자리를 이어받는다. 이 와중에 귀에 울려퍼지는 무전은 다급한 목소리들 뿐이다. 대기와 예약, 손님의 컴플레인, 모자란 기물, 모자란 음식. 평소였다면 아무렇지 않을 업무내용은 그날 따라 답답하게만 들린다. 하지만 언제나 그렇듯이 시간은 흘렀고 퇴근시간이다.

따릉이를 타고 집으로 돌아오며 곰곰이 생각했다. 개인과 기업, 사회는 무엇을 바라고 무엇을 쫓아가고 바라는 걸까. 천천히 그리고 섬세하게 생각해봤지만, 누구도 잘못이 없다. 이 커다란 비극 속에 아무 죄인이 없다.

힘든 거동에도 불구하고 일을 하러 나온 장애인. 그가 일을 해야만 했던 사연은 감히 상상할 수 없다. 그럴 만한 사연을 조용히 응원할 뿐이다.

바쁜 주방일도 마치지 못한 채, 식기세척에 지원나온 주방 사람. 매니저의 부탁으로 기물들을 빠르게 정리한다. 그가 화를 내든 한숨을 쉬든 뭐라 할 도리가 없다. 책임을 맡은 업무보다 더 값은 일을 한 것은 확실하다.

손님의 컴플레인에 대처하고 있는 매니저. 그는 가게의 책임을 맡아야 한다. 가게의 정상적인 운영을 위해서는 마땅히 해야 할 일이다.

장애인 우선고용 정책을 채택한 기업. 세상은 대중을 위해 설계된다. 신호등의 시간, 계단 등등 대부분은 대부분을 위해 설계된다. 그래서 기업은 기업의 형태에서 할 수 있는 복지를 실천한다.

토요일 저녁에 오붓한 외식을 나온 가족들. 일주일 내내 치열하게 살아온 댓가로 주말 저녁 가족들과 함께 외식을 나온다. 때마침, 가게의 기물들이 모자랐고 매니저를 찾는다.

모두 나름의 것들을 실천하고 있었다.

그저 악역이 없는 판에서 서로를 미워하고 있을 뿐이었다.

생각의 재단

◇◇◇◇◇◇◇◇◇◇

나는 되도록이면 합리적인 선택을 하려고 한다. 역사를 돌이켜봤을 때 합리성이 토론된 대상들이 오래 살아남았기 때문이다. 합리적이지 않다면 쓸모가 줄어들고 결국엔 사라진다. 그렇게 생각했다. 하지만 틀렸다.

승퇴월하문이냐 승고월하문이냐.

퇴와 고는 모두 틀리지 않았고 뭐가 더 좋은 지는 아직도 나눌 수 없다. 의외의 결과다. 이분법적 논리는 합리적인 시선을 제한한다. 합리성을 따지려고 했던 시도가 이분법적인 논리를 바탕으로 한 기저에서 출발한 것이다. 애초에 합리의 정도를 분분할 능력도 없다는 숙연한 결과만 남는다. 하지만 살아남은 것이 꼭 합리에 더 가까운 것은 아니라는 중요한 영감을 얻었다. 그 뒤로 나는 선택하지 않은, 혹은 선택받지 못한 것에 대해 두 번씩 생각하는 버릇을 들이려고 노력한다.

이와 더불어 선과 악에 대해서도 비슷하게 생각해보려 한다. 그리고, 더 어려운 결과를 맞이했다. 여기에 대해서는 두 번이 아닌 그 이상을 고민했다. 결과는 마찬가지였다. 각자의 세상과 생각이 소용돌이치는 이 자연의 세계에서 기준이라는 것은 상당히 위험하고 아득한 것이라는 생각이 든다. 이 사고의 과정을 섬세한 글쓰기로 풀어내려 하지만 그 글이 절대 섬세하거나 아름답지 않았기 때문에 모두 구겨서 마음 한 켠에 보관 중이다.

무언가를 평가하고 재단할 수 있는 기준이라는 것은 참 어려운 것이다. 그럼에도 불구하고 세상에는 많은 평가수단과 기준이 만연한다. 또 그 기준과 그것을 따르는 많은 사람들이 사회를 이루고 살아간다. 하지만 세상은 또 부족함을 느끼고 다시 한 번 재단한다. 무엇을 통념이라 박해하고, 무엇을 종교라 우상한다. 참 안타까운 일이다.

통념마저 재단해버리고자 하는 사람들은 가족의 생각도 재단해버릴 수 있다. 나의 아버지는 큰 통념에 지배당한 사람이다. 그래서 나를 포함한 가족들은 많이 슬퍼야만 했다. 정말 슬프고 아팠다. 그렇게 나는 생각에 대한 생각을 정말 많이 한다. 생각을 정리하고 분류한다. 불가피한 과정이다. 그렇게 생각에 대한 고민은 끝내 애매한 결과를 맞이한다. 생각에 대한 고민을 멈추고 삶을 즐기기로 했다.

그러고 보니, 선악과는 어떻게 쪼개도 선악과더라..

아버지와 아버지의 손가락

◇◇◇◇◇◇◇◇◇◇◇◇◇◇◇◇◇◇◇◇◇◇◇

경상북도 포항 형산강을 앞에 두고 나의 이야기는 시작된다. 2001년 3월 6일. 포항 오렌지병원에서 태어났다. 그리고 우리집은 망했다. 다른 해석과 상상력을 요하는 표현이 아니다. 정말 망했다. 물론 그 당시 1살이였기 때문에 실제 목격한 것은 아니다. 내가 태어나기 전, 우리 가족은 200평이 넘는 대형마트를 운영했고 꽤 잘 나갔다. 하지만 아빠의 주식투자가 물거품이 됨과 동시에 대형마트를 접게 되었다. 밥을 굶을 정도로 남루한 삶은 아니었지만 그리 잘 살지도 않았다. 이전의 큰 성공에 비해 비교적 소박한 삶으로 돌아온 것 뿐이었다. 사실 나는 태어나면서 소박한 삶에 적응해서 그런지 아쉬운 게 없었다. 오히려 돈보다 소중한 것이 무엇인지 깨달았기 때문에 부정적일 필요도 없었다.

아빠는 방황했다. 여전히 기억나는 장면이다. 아빠가 몇 달 동안 아무 일을 하지 않고 집에서 TV를 보고 있었다. 밤마다 통장을 소재로 오갔던 부모님의 나지막한 소리들로 미루어 보아, 로또가 당첨되어 일을 쉬는 것은 아니라고 생각했다. 어린 나이였지만 꽤나 눈치가 좋았다. 아마도, 방에 애 잔다고 조용히 말하라고 끙끙대던 엄마의 목소리를 기억하는 걸 보면 말이다.

오후 3시, 어린이집을 마치고 나면 할머니집에 통학버스를 내렸다. 할아버지는 몸이 많이 아프셨다. 그렇다고 해서 할머니가 몸이 편하지도 않았다. 할머니와 장을 보러 갈 때면 할머니는 항상 유모차를 끌고 다니셨던 걸로 기억한다. 유치원을 다녀오면 항상 누워 계시는 할아버지께 빨대로 물을 드리는 게 작지만 소중한 임무였다. 그렇게 할아버지와 할머니와 시간을 보내다 보면 오후 6시쯤에 엄마가 온다. 그 당시, 엄마는 보험과 정수기를 팔러 다녔다. 아마도 아빠는 당시에 회사를 다녔던 것 같다. 너무 어려서 기억이 흐릿하다.

엄마와 아빠는 치열하게 살았다. 다들 그렇게 살지만 내 눈으로 직접 봐왔기에 더욱 치열하게만 느껴졌다. 10살도 안 된 나이였지만 내게는 그렇게 느껴졌다. 하지만 하늘은 무심했다. 엄마가 교통사고가 난 날이었다. 차가 폐차될 정도였기에 사고의 정도에 대해서는 더 이상 반추하고 싶지 않다. 엄마의 목에는 아직도 쇠붙이가 붙어있다. 아무 때에나 그 생각이면 슬프다. 약 두 달 정도 후, 엄마는 서울 아산병원에서 퇴원했다. 엄마가 집으로 돌아왔다. 엄마는 기운이 없었고 목에 큰 보호대를 차고 있었다. 나는 그 날 기쁨과 슬픔을 함께 울어냈다. 신기한 경험이었다. 나중이 되어서야 엄마가 우스갯소리로 이야기했지만. 차가 전복되고 잠시 의식이 들 때, 돈 걱정을 먼저 했다고 한다. 그 이야기를 들은 밤에 나는 자기 전까지 소리 없이 울었다. 하지만 다음 날, 나의 울음에도 달라지는 것은 하나도 없었다. 그냥 그날 아침이 기억이 난다. 왜 만화처럼 기도를 들어주는 도라에몽같은 게 없을까. 라는 재밌는 생각을 했었다. 하지만 아침 식탁 앞에 앉은 엄마를 보며 신은 있다고 또 감사하다며 밥을 먹었다.

한 1년 정도 지났을까, 여전히 우리 집의 분위기는 좋지 않았다. 아빠는 더 방황했고 엄마는 기력을 되찾았으나 여전히 쇠붙이는 건재했다. 6살 터울의 우리 형이 중간고사를 치고 왔다. 아빠는 성적표를 봤고, 형이 앉아있던 책상에 발길질을 하고 소리를 쳤다. 아빠의 발가락에서는 피가 흘렀다. 민감한 나이의 형은 고분고분하지 않았다. 아빠는 프라이팬으로 형의 머리통을 후렸다. 프라이팬이 휠 정도로 세게 후렸다. 신기하게도 머리에서는 피가 흐르지 않았다. 아비규환이었다. 구몬 선생님이 오시기 20분 전에 사단이다. 엄마는 다급히 아빠를 말렸고 바닥의 피를 닦았다. 나는 그 날 구몬 수업할 때 눈물을 꾹 참고 들었다. 놀랍게도 그 때, 무서움의 눈물이 아니라, 부끄러움의 눈물이었다. 사춘기라 꽤 당돌해서 그랬을까, 무디어진 감각 때문이었을까. 재밌는, 아니, 재미없는 이야기지만 나는 이 때부터 뉴스에 나오는 괴팍한 기삿거리들이 정말 실재하는 일이라 믿었다.

시간이 꽤 흘렀다. 우리 가족의 발전은 잘 보이지 않았다. 표현을 잘 하지 않는 경상도인이라서그럴까..? 그렇다면 난 경상도가 싫다. 지역감정을 일으키는 말이 아니다. 그저 핑계를 찾고 싶은 어린아이의 투정이다. 후에 조그맣게 차린 마트 때문에 그 흔한 여행 한 번 가지 않았다. 자영업자는 원래 여행을 안 간다나 뭐라나. 11월 달이었다. 6살 터울의 형이 수능을 쳤다. 수능을 망쳤다. 원하는 대학을 가지 못하는 성적이었다. 가장 아쉬운 것은 본인일 터인데 그렇지 않았다. 아빠는 다시 한 번 형에게 하지 말아야 할 행동을 했다. 아침밥을 먹다가 유리그릇을 던지고 뺨을 때렸다. 형은 집을 도망쳤다. 그리고 엄마와 나는 아침을 따로 먹었다. 아빠가 형은 어디 갔냐고 물었다. 모르겠다고 말했더니, 밥상을 엎고 집을 나갔다. 그리고 엄마와 나도 도망쳤다. 하지만 얼마 지나지 않아 다시 집으로 돌아왔다. 시간이 흐르다 보니 집은 조용해졌다. 아무 대화소리도 나지 않을 정도로.

시간이 꽤 흘렀지만 집은 계속 조용했다. 아빠가 집에 들어올 시간이면 형은 집을 나갔다. 아빠와 대화로 풀고 싶어했지만 쉽지 않았다. 대화는 화를 불러왔기 때문에 형은 계속 말을 아꼈다. 집은 더욱 조용해졌다. 아빠와 엄마는 대화를 하지 않는다. 아빠는 같은 집에 살지만 가족이라고 생각되지 못했다. 불안한 줄 타기하듯 생활은 이어졌고, 불행하게도 작게 차린 가게도 그리 잘 되지 않았다. 아마 집이 더 조용할 수 밖에 없었던 이유이다.

형은 군대를 갔다. 나에게는 편지 한 장을 남기고 떠났다. 평소에 형에게 가족에 대한 이야기는 잘 하지 않았다. 결국에는 짜증만이 남았기에 아빠이야기는 특히 하지 않으려 했다. 그런데 편지에 적혀있던 글은 내가 알던 상황과 많이 달랐다. 아니, 상황은 같았지만 생각이 달랐다. 형의 글에는 이런 말이 적혀있었다.

'여지인 야반생기자 거취화이시지 급급연 유공기사기야.' 언청이가 밤 중에 아이를 낳고 급히 불을 비춘다. 그 이유인 즉 자기를 닮았을까 두려워서였다.

이 짧은 글은 그 동안의 삶을 부정하는 듯한 글이었다. 형은 아빠를 미워하지 않았다. 아니 미워했을 수도 있다. 하지만 확실한 것은 나에게는 치우치지 않는 마음을 전달하고 싶었다. 우리 형은 어려서부터 책을 많이 읽었다. 학교의 공부와는 반대로 공부를 했다. 글을 썼고 책을 읽었다. 어린 시절, 아빠가 우리를 혼내고 소리친 것은 자신의 손가락에 박힌 굳은 살을 물려주고 싶지 않았기 때문이었다. 지금도 소주와 과자박스를 옮기고 있는 우리 부모님은 항상 그런 삶을 살았다. 아프고 힘들었다. 여유롭게 가족여행 한 번 가본 적이 없다. 하지만 그럼에도 굳은살과 함께 계속 치열한 삶을 살고 있다. 무엇을 위해. 어렸던 나는 몰랐다. 아버지는 자신의 손가락에 박힌 굳은살은 물려주기 싫었을까.

이 글은 퇴고없이 한 번에 쓰여졌다.

할머니의 인생을. 엄마의 사랑을. 아빠의 희미를.
…의 변화를. 하라리의 역사를. 다이아몬드의 어우형를.
…컨스의 이타성을. 샌델의 공정함을. 세이건의 우주를.
…레의 춤을. 공자의 즐거움을. 노라의 도덕을. 맹자의
…죽은 넋을. 쇼펜하우어의 의지를. 아렌트의 사유를. 퇴계
…의 식탁을. 소로의 월든을. 커워의 이방인을. 신영
…복의 팬티꿈을. 비트겐슈타인의 침묵을. 케네의 암각시스를
…셉의 계산을. 쉰들러의 기록자를. 안동의 부끄러움을
…용인의 당신을. 이명훈의 바람을. 김춘수의 이름을. 멧
…의 낭만을. 선우경아의 위로를. 이선의 가사를. 영
…의 어깨를. 빈리보의 운을. 이랑의 가난을. 빅뱅의
…것을. 카더가든의 고향을. 오닝의 긍허를. 에이리의
…흐름을. 뒤뷔페의 예술을. 그 끄트머리의 빛을. 안도
…의 콘크리트를. 카스타라니의 디자인을. 이중섭의 소를.
…그리고 나의 삶을.

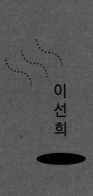

이
선
희

2월의 꿈

내게로 왔다.

나를 떠났다.

아직 꿈이 있다.

매일 밤마다 공원 트랙을 달려. 사람들한테는 운동하는 거라고 말하지. 그러나 진실은... 하늘 아래 공원을 달리노라면 너와 더 가까이 있는 느낌이 들어 마음이 놓여. 밤 산책 나온 네 친구들을 보면 네가 떠올라 어느새 슬며시 미소 짓지. 걷다가 달리다가 가슴이 메이면 곧장 고개를 들고 하늘을 쳐다 봐. 흘러내리는 눈물을 내버려둔 채.

그리곤 너와 대화를 시작한다.

"오늘은 어떻게 지냈어? 친구들과 사이좋게 지내고 맛있는 거 많이 먹었어?"

밤하늘 별 하나가 유난히 반짝이며 너의 목소리가 들려와. 지상에서 엄만 매일 널 만나러 갈 거야. 하늘아래 공원에서 매일 만나자. 오늘도 하늘 끝까지 닿을 만큼 너와 이야기를 나누고 싶어.

2010. 2. 20. 꿈이 분양받아 오던 날

이런게 운명이란걸까?

12년 전, 우리 가족은 너를 처음 만나러 독립문 근처 애견숍으로 갔었지. 벼르고 별러 강아지를 분양받으러. 분양을 받는다는 게 어떤 의미인지도 모른 채.

품종: 말티즈

모색: 흰색

성별: 수컷

생연월: 2010. 2. 20. 너를 만난 날

동물명: 꿈. 미리 엄마가 지어놓은 이름

몸무게: 당시 기억 안남. 평소 3.5kg 유지

너를 보자마자 엄마는 한눈에 반해 버렸지. 강아지가 순한 지 안 순한지 알아보려면 두 손으로 강아지 가슴을 꽉 힘주어 안고 눈을 마주친 상태로 뚫어져라 보았을 때 가만히 있는지 살피라는 얘길 들었지. 강아지에 대해 아는 게 그게 다였던 엄마.

아주 까맣고 아주 작지만 반짝이는 너의 눈과 내 눈이 마주쳤을 때 난 이미 너의 엄마가 되기로 결심했어. 작고 까만 눈. 그 눈을 잊을 수 없구나. 네가 하늘나라로 소풍 가기 전날도 내게 보여준 그 까맣고 반짝이는 눈 말이야.

아빠는 엉아랑 누야가 더 커서 대학에 들어가면 사자고 하고, 엉아는 수컷이 아닌 암컷을 사고 싶다고 했었어. 그래서 널 데려오지 못하고 빈손으로 집에 올 수밖에 없었어.

그런데 그날 밤 11시, 마침 누야도 학교에서 돌아온 시간. 눈에 아른거리는 너를 지울 수 없었던 엄마는 너를 집으로 데려오지 않더라도 한번만 더 보고 오자고 아빠와 엉아를 설득했어. 누나는 "나도 갈래!" 신나서 벌써 신발을 신고 있더구나.

나는 내심 누군가 너를 먼저 데려가진 않았을까, 쿵. 쿵. 심장이 뛰었어.

차를 타고 가는 1시간이 10시간처럼 느껴졌지.

밤 12시, 네온사인에 비친 유리장 안의 너

너는 애견숍 유리장 안에 혼자 우두커니 앉아 도로 쪽을 물끄러미 쳐다보고 있었어. 마치 우리를 기다리는 듯했지. 옆에 있던 네 친구 푸들이들은 서로 뒹굴고 부비고 넘어뜨리며 놀고 있던데 넌 왜 놀지 않고 우두커니 창밖을 쳐다보고 있었니?

너도 낮에 본 우리 가족을 생각하고 있었던 건 아닐까. 지금도 궁금해. 네가 말을 할 수 있다면 좋겠구나.

1 형이랑 누나

너의 첫 번째 방, 종이 박스

태어난 지 2개월 밖에 안 된 너. 방이 필요하다고 생각한 우리 가족은 집으로 오는 길에 대형마트 앞에 차를 세우고 빈 박스를 찾았어. 오늘 밤 너의 작고 뽀송한 몸을 따뜻하게 해줄 방이 없으니까 생각해 낸 임시방편이었지. 박스 높이 약 35센티 폭 50센티. 네 키보다 훨씬 높디높은 박스 안에서 너를 재워야 했어. 애견숍 아저씨가 앞으로 20일 동안은 정말 안정을 취하도록 보살펴야 한다고 했어. 그래야 커서도 튼튼하고 건강하게 살 수 있다고 하더라고. 하룻밤에 두 번이나 밤길을 달려온 우리만큼 너도 피곤했을 거야. 너를 집에 데려오자마자 종이 박스에 넣고 포근한 담요로 상자 위를 덮어주었어. 어서 내일 아침이 오길 바라며.

여기가 우리 집 맞나요?

밤사이 찍소리 하나 안 하고 조용한 종이 박스 방에서 너는 잘도 잤나 보더구나. 환경이 바뀌면 잠을 설칠 법도 한데 말이야. 수군수군 밖에서 들리는 우리 목소리를 네가 들었나 봐. 종이박스가 아주 작게 흔들리고 '콩콩.. 달그락 쓰윽. 꼬무락 꼬무락'살아있는 물체가 종이에 부딪는 소리. 너의 기상을 알리는 소리였어. 소리가 이렇게 정겹고 귀여울 수가 있을까. 그 소리에 우리 가족 모두 종이 박스 방을 향해 시선 고정. 호기심 가득.

잠시 후 담요로 덮은 천장이 뽈록뽈록 움직이더니 까치발을 깡총 세우고 담요 사이로 빼꼼히 내민 너의 얼굴. 털북숭이 하얀 털 뭉치에 까만 눈 촉촉한 코가 보여.

"엄마, 아빠, 엉아, 누야, 안녕히 주무셨어요? 제 방엔 문이 없어요. 날 좀 꺼내주세요. 놀고 싶어요."

우린 그렇게 가족이 되었다.

2010. 3. 27. 네가 온지 한 달이 지나고

"아유.. 강아지 한 마리 키우기가 애 한 명 키우는 거랑 똑같아."

강아지를 키우지 말라고 말하는 사람들은 애 하나를 키우는 일과 맞먹는다고 넌더리를 낸다. 정말 그럴까? 다행히도 꿈은 대소변 훈련을 따로 시키지 않았는데도 처음부터 자동으로 가리는 아이였다. 먹는 것도 너무 잘 먹고 말질도 하나 하지 않았다. 성격도 참 순했다. 아침 10시에 밥을 주면 5초 만에 휘리릭 그릇을 훑고 빈 그릇을 혀로 계속 핥았다. 양이 모자란 듯해 더 주고 싶었지만 강아지의 살을 찌우면 수명이 단축된다고 해서 정량만 주었다. 하루에 두 번 소량의 사료만 주고 사람 음식은 먹이지 말라는 주의를 받았기에 각별히 신경을 썼다. 그래서인지 늘 3.5kg 안팎의 몸무게를 유지하였다. 하늘나라 소풍 가기 일주일 전 2.9kg 그때만 빼고. 이런 보살핌으로 꿈이는 다른 강사모[2] 맘들이 '우리

2 강사모 : 강아지를 사랑하는 모임의 줄임말. 반려견을 키우는 동네 아줌마들의 모임

동네 강아지 중 제일 예쁘고 똑똑하고 활발하다'라는 극찬을 받으며 무럭무럭 잘도 자랐다.

꿈의 특징은 다음과 같다.

세 자릿 수 IQ : 여러 가지 재주를 단 몇 번 만에 습득

좋아하는 음식 : 우유, 사과, 바삭한 과자

좋아하는 취미 : 꽃향기 풀 향기 맡기

좋아하는 운동 : 배드민턴, 달리기

좋아하는 장소 : 바다보다 산

배꼽시계 달린 강아지라니!

하루에 주식으로 사료 2회, 간식으로 껌 1~2회, 우유 2큰 술. 매일 규칙적인 식사와 취침 시간을 지켰다. 식사 시간 오전 10시, 오후 4시에 사료를 먹였다. 우리 집에 온지 두 달도 안 된 꿈은 신기하게도 식사시간을 정확히 감지했다. 영락없이 식사 때가 되면 내 옆에 와서 조그마한 손으로 내 다리를 톡톡 치면서, "저기요. 엄마.." 하고 알은체를 한다.

나는 일하다 말고 키 작은 땅꼬마의 깜직한 신호에 화들짝 놀라 "아고, 울 꿈 왜요? 심심해요?" 눈치 없는 나는 엉뚱한 소리만 했다. 그러면 꿈은 다시 고개는 15도 각도 갸웃, 털북숭이 얼굴에 간절한 눈빛으로 나를 빤히 쳐다보았다.

"끄응.. 아뇨, 심심한 게 아니고요.. 엄마.. 그게 그러니까.."

'뭐지? 아하!' 나는 시계를 보았다. 영락없이 오전 10시거나 오후 4시였다. 닭이야 빛을 감지하는 생체시계 덕분에 '꼬끼오' 하고 새벽을 알릴 수 있다지만, 강아지도 그런가?
꿈은 절대 밥 때를 건너뛰거나 굶을 일이 없었다.

하나, 둘, 셋... 열! 수학(?)하는 강아지

간식 시간도 마친가지였다. 우리는 훈련을 시키지도 않았는데 시간을 감지하는 꿈이가 너무 신기하기만 했다. 더욱 신기한 건 말을 알아듣는 것이었다. 한번은 간식을 주면서 "하나, 둘, 셋에서 열까지 세고 나서 먹어야 돼요." 했더니 하나에서 열까지 다 셀 때까지 기다렸다. 먹성이 좋은 아이가 얼마나 먹고 싶었을까. 열을 다 세자마자 하얀 발 위에 얹힌 간식을 냉큼 먹었다. 꿈은 늘 간식을 먹을 때마다 수학을 하였고 우리는 너무 영특하고 귀여워 어쩔 줄을 몰랐다.

배드민턴 치는 강아지가 있다고?

꿈이는 혼자서도 잘 놀았다. 주인을 닮아 성격은 긍정적이고 자립심이 강했다. 한참 동안 낮잠을 자다가도 부스스 일어나 빨간색 뼈다귀 모양 장난감(배드민턴 채로 사용)을 입에 물고 왔다. 그리고 나서 털실로 짠 파랑 공(배드민턴 공으로 사용)을 찾아와서는 배드민턴 놀이를 한다.

입에 문 빨간 채로 파랑 공을 톡 치면 공이 데구루루~ 꿈은 공이 굴러가는 방향을 주시하고 있다가 곧장 달려가서 다시 파랑 공을 톡 친다.

'어! 공이 어디로 갔지? 두리번 두리번'

새하얀 털북숭이 얼굴에 빠알간 배드민턴 채를 물고 있는 강아지를 상상해보라. 영락없이 배드민턴 치는 강아지였다. 꿈이 배드민턴을 치면 우리 가족 모두 박수를 치며 집안 가득 웃음이 퍼졌다.

강아지를 키우는 건 힘든 일이 아니라 내겐 너무나 기쁘고 행복한 일이었다.

피아노 반주에 맞춰 노래하는 강아지

스포츠도 잘하지만 음악도 좋아하는 꿈. 꿈이 집에 있을 때는 늘 클래식을 2시간씩 틀어놓았다. 그래서인지 일요일에 엉아가 피아노를 치면 꿈은 피아노 연주에 맞춰 오~오~~ 오~오~~소리를 냈다. 마치 노래를 부르는 것 같았다.

하루는 엉아가 테스트를 해봤다. 느린 템포로 슈베르트를 연주하면 느리게 오~~~우~~~~오~~~~~~~, 빠른 템포로 베토벤을 연주하면 오! 아! 오! 아!

짧은 호흡으로 박자를 맞추고 리듬을 탄다. 자기 깐엔 노래를 부르는 것이었다.

3 슈베르트 즉흥곡 2번 [Schubert Impromptu D.899 No.2 in E♭ major]
4 베토벤 비창 소나타 3악장 [Beethoven Sonata Pathétique]

엉아가 너무 재밌고 신기해서 '빠르게 느리게' 를 반복하면 꿈이는 오~~~~우~~~~~오! 아! 오~~~우~~~~오! 아! 그야말로 인간과 동물의 하모니.

엉아는 피아노를 칠 때 아예 꿈이를 건반 위에 앉혀 놓고 함께 연주를 하곤 했다. 꿈이는 아우~~~~~ 엉아는 딩동 딩동. 웅장한 클래식 연주 속 강아지의 노래 소리라니. 이런 컨셉 의 최첨단 피아노 연주회를 떠올려 보기도 했었다.

한 번은 가족이 함께 올림픽 시즌에 TV를 보고 있었다. 꿈이가 갑자기 소파에서 일어나 TV 앞으로 달려가 까치발을 하고 TV에 매달렸다. 뭔가 귀를 기울이는 것이었다. 알고 보니 자기가 어릴 때부터 들어왔던 슈베르트의 세레나데[5]가 흘러나왔던 것이다. TV에서는 피겨 선수가 춤을 추듯 돌고 있었다.

\#   행복한 10년, 질투의 여신이여

꿈은 아빠와 주말마다 동네 공원을 산책하거나 불암산 타기를 했다. 누야가 고등학교를 졸업하고 대학에 들어간 후로는 주 3회 나비정원에서 신나게 뛰어놀았다. 꿈이와의 일상은 가족 한 사람 한 사람에게 쉼표가 되기도 했고 느낌표가 되기도 했다. 동물이 그린 한 개의 점들이 모여 선이 되었고 그 선들은 우리

가족 사이에서 서로 연결되었다. 동물과 인간의 조화랄까, 그런 어떤 모양이 만들어지고 있었다. 꿈은 우리에게 움직이는 마스코트 같았다. 늘 주변 사람들로부터 '아이를 너무 잘 케어한다. 아이가 아주 건강하고 활발하다'라는 말을 들을 때마다 행복했다.

5 슈베르트 백조의 노래 中 제4곡 세레나데 [Schubert Serenade D.957, No.4]

10년을 그렇게 안정적으로 보냈다. 강아지라면 겪는 그 흔한 중이염, 피부병, 감기 그 어떤 잔병치레도 하지 않고 무럭무럭 잘 자라주었다. 정말 무탈하게 행복했던 10년, 화살처럼 쏜살같이 날아갔다.

질투의 여신은 가까이 더 가까이 다가오고 있었지만 우리는 너무 행복해서, 그만 질투의 여신에게 빗장을 풀어주고 있었다.

2020. 3. 27. 시력을 잃다.

◇◇◇◇◇◇◇◇◇◇◇◇◇◇◇◇◇◇◇◇◇◇

네가 우리 가족이 된 지 10년이 흐르고. 청천벽력 같은 말을 듣게 되었단다. 병원이라고는 예방주사 맞으러 간 적밖에 없던 네가……

강아지 나이 10살이면 사람 나이 70살과 같다는 세간의 말이 남의 이야기로만 생각했는데. 늘 귀여운 땅꼬마 네가 70살이라니! 나이 든 노령 견에 대한 주인의 임무를 완수해야 한다는 마음으로 우리는 널 병원에 데려가기로 결정했지. 건강검진도 할 겸 치아 스케일링을 하기 위해서 말이야.

이 닦는 걸 무척 싫어하는 너였기에 양치질을 못 했던 거 알지? 늘 규칙적인 식사를 하고 잡다한 간식을 먹지 않아 괜찮겠지 하고 한 번도 치아 검진을 받으러 가지 않았단다. 그래도 스케일링을 한번 해야 할 것 같아 병원에 갔어.

동네 친한 아줌마가 자기 강아지 다니는 병원을 소개해 주며 같이 가주겠다고 했어. 아줌마의 차에 올랐을 때 아마도 넌 어디 가는 걸까 두려움이 더 컸을 것 같아.

"아니, 꿈이 여태 한 번도 스케일링을 안 했어? 우리 애는 수시로 하는데? 전신마취까지 한 시간 정도 걸릴 거야."

"어? 전신마취 해?"

"어! 어떻게 그냥 해? 언니, 강아지가 스케일링하는데 가만히 있겠어? 참, 언닌... 우리 애는 스케일링할 때마다 전신마취 해. 소량의 약만 넣는지 스케일링 끝내고 나오면 5분 정도면 깨어나더라구." 아줌마가 말했단다.

전신마취는커녕 10년 동안 엉덩이 주사 한번 안 맞혔는데. 엄마는 어안이 벙벙하여 머리가 뒤죽박죽이 되어 버렸어. 엄마가 혼자 왔더라면 당장 집으로 돌아갔을 텐데… 같이 와준 아줌마의 시간을 뺏는다는 미안함에 말도 못 하고. 되돌아가기엔 이미 때는 늦었어. 차는 이미 병원에 도착하고 말았지. 설상가상 더욱 발길을 돌릴 수 없었던 까닭은 아뿔싸!

찌이이이이이......익!

"어? 뭐지?"

병원 바로 앞에 도착하자마자 아줌마가 주차를 하다가 뭔가 날카로운 물체에 차체가 심하게 긁히는 일이 일어났어. 아주 심하게 깊은 줄이 자동차 벽면 끝에서 끝까지.

마치 내가 그런 것인 양 미안해서 어쩔 줄 몰라 했어. 쥐구멍이라도 들어가고 싶더라. 지금 생각해 보면 말 못 하는 네가 자동차의 입을 빌려서 너의 말을 내게 한 것일까? 조심하라고. 이런 게 징크스라는 걸까? 맞아. 엄마가 그걸 알아채고 발길을 되돌려 집으로 와야 했어.

10년 동안 한 번도 화학적 성분의 약 한번 먹이지 않고 키운 너에게 이제 와 전신마취라니. 안되지 안 돼 하면서 결국... 엄만 미안함과 두려움이 뒤섞인 채 너를 의사 손에 넘겨버리고 말았다. 잠시 후 수의사는 말했다. "아주 건강한데요? 잘 키우셨네요. 순하기도 하고. 이제 스케일링하겠습니다." 수의사가 널 데리고 수술실로 들어갔어.

시간이 얼마나 흘렀을까. 초조한 마음으로 홀에서 엄만 너만 생각했어. 아줌마가 말했다.

"어 왜 이렇게 늦게 나오지? 우리 애는 금방 하고 나오던데... 꿈이는 오래 걸리네."

그리고 나서 약 10여 분 후 의사 선생님이 널 안고 나왔어. 온몸의 털이 소독약으로 젖은 네가 눈을 감고 깊은 잠 속에 빠진 채.

"조금 있으면 깨어날 거예요..."

"...........”

대기실 의자에 앉아 있던 엄마는 얼른 일어나 자리를 비켜주었다. 수의사는 엄마가 앉아있던 의자 위에 너를 눕혔지. 커다란 기저귀 포에 싸인 너를. 스케일링 시간이 다소 오래 걸렸지만 그것에 대해 얘기하는 사람은 아무도 없었다. 그리고 나서도 꿈이 네가 마취에서 깨어나지 않자 수의사는 일부러 널 흔들어 깨웠어. 엄마는 기분이 안 좋았지만 아직도 몽롱할 것 같은 너를 포대에 감싸 안고 병원에서 나와 차에 올랐단다. 어쨌든 넌 깨어났고 내 품에 안겨있다는 안도감에 기분은 아까보다 나아졌지.

'내가 너무 예민했었나? 병원이 처음이라 나도 적응이 안 됐나 보군.'

애써 엄마는 감정을 추슬렀지만 온통 신경은 네가 괜찮을까 상태를 계속 살폈단다. 집으로 오는 차 안에서 정신이 좀 들었는지 엄마 품에서 꼼짝 않고 눈을 감고 있던 네가 움직이기 시작했다.

"울 꿈이 깼구나. 자 이거 먹어."

아줌마가 운전석 뒤로 팔을 뻗어 기다란 쥐포 같은 걸 내밀었어. 그런데 네가... 보고도 가만히 있는 거야.

"왜 안 보여? 꿈아?"

아줌마가 무심히 던진 말에 불길함이 다시 엄습했어. 엄마가 쥐포를 네 입 가까이 대 주니까 그제야 냉큼 받아먹긴 했지만 엄만 '얘가 이걸 늦게 알아차릴 애가 아닌데 이상하다' 는 생각이 들더구나. 그때부터 엄만 무서웠어. 무슨 일이 일어날까 봐.

집에 도착했어. 엉아와 누야가 널 무척 기다리고 있었나 봐.

"엄마, 스케일링은 잘했어요?"

"어 어.. 했어. 근데 전신마취 하더라."

"네. 모르셨어요?"

"…………"

거실 바닥에 너를 살며시 내려놓았어. 순간 넌 비틀거렸어.

"어? 엄마, 얘 왜 그래?"

"아직 마취 기운이 남아서 그럴 거야. 간식 좀 가져와 봐."

엄마는 차 안에서 네가 간식이 안 보인 게 아니라는 것을 증명해 내고 싶었어. 마음이 조급해져 누야의 말에 대답 대신 네가 가장 좋아하는 후코이단¹을 가져오라고 했지. 테스트를 해보려고 말이야.

"꿈아, 자, 후코이단."

바로 네 발 앞에 놓았는데 넌.. 찾지 못했어. 두리번 두리번거리기만 할 뿐.

"엄마, 애 왜 이래? 안 보이나 봐."

그렇게 그날 이후로 넌 시력을 잃었어.

다음 날 또 그 다음 날도 넌 앞을 못 보고 가구에 부딪히곤 했어. 병원에 전화를 걸어 문의했지만 발뺌하기에 급급해하며 다른 병원으로 가보라고 하더구나. 수소문 끝에 찾아간 안과 병원에서 진단이 내려졌다. 병명은 급성 망막변성증. 일명 사드. 원인 불명. 약 처방 없음.

"시력이 거의 없다고 보시면 됩니다. 약은 없어요." 이 말 한마디가 다였다.

너를 보았다.

본다는 게

볼 수 있다는 게

행복이었구나.

내 눈 속에 이제 내가 없다.

내 맘 속에 이제 너만 있다.

나는 꿈이 시력을 잃은 후부터 '꿈 동화' 밴드를 비공개로 개설하고 꿈이 상태를 기록해 나갔다.

기록 〈2020. 3. 27. 이후 꿈이 상태〉
줄곧 잠만 잠. 정말 곯아떨어지는 잠. 불안해보임. 가까이 가면 얼굴을 파묻으려 함. 갑작스러운 병원 나들이와 산책 매일. 전신마취로 인한 나른함으로 추정

강사모 맘들은 전신마취 후유증이라고 했다. 수의사는 말했다. "전신마취 때문에 눈이 멀었으면 우리 가게 문 닫아야죠. 그전부터 안 보였는데 감지를 못하신 겁니다." 나는 할 말이 생각나지 않았다.

'왜 하필 스케일링 한 날부터 간식이 안 보일까? 내가 그 정도로 무딘 사람이었나?' 꿈아, 대답 좀 해봐.

기록 〈2020. 4. 12. 봄〉

봄볕 아침. 회색 담요에 싸인 널 안고. 베란다 앞으로 데려가서.
불암산에서 집 앞 주차장을 거쳐 베란다로 날아드는 새 소리, 바람 소리, 풀 내음.
큿큿 세상을 코로 감지하는 꿈. 고개를 갸우뚱거리며.

불암산 산책길에서 늘 꿈이 듣곤 했던 소리를 설명해 주었다.

"꾸야, 아침이야." 꿈은 봄볕에 눈이 부신지 눈을 감는다. 코가 씰룩거린다.

"꾸야, 쨱쨱 새소리~이, 부릉부릉 자동차 소리~이, 까아 까악 까치소리 나네~"
꿈은 코로 세상 냄새를 감지하고 귀로는 내 얘기를 들었다. 나는 『오세암』에서
길손이가 앞이 안 보이는 감이 누나에게 세상의 모든 것을 자신만의 언어로 설
명해 주던 장면이 생각났다. 나의 언어는 이제 꿈에게 세상이 되었다.

"꾸야, 엄마도 네게 이 세상 모든 보이는 것들을 다 설명해 줄게."

7 꿈의 애칭
8 작가 정채봉의 어린이 문학 동화, 1985

다시 활발해지고 잘 먹고 잘 돌아다님.
집안에서는 거의 정상처럼 논다. 눈은 안 보이는 듯함. 오후 2시 삶은 당근.
7시 블루베리 3~4개 격일. 엉아랑 누야랑 신나게 놀고 이틀 동안 잠만 잠

우리 가족은 이제 맘을 비우고 현재를 충실히 행복하게 지내자고 서로를 다독였다. 그리고 꿈이를 위해 각별히 세 가지 사항을 정하고 꼭 지키자고 약속했다.
편안(Comfortable). 안전(Safety). 사랑(Love). CSL이라고 불렀다. 우리 가족끼리만 통하는 암호였다. 앞으로 우리 꿈이를 편안하게 안전하게 더 많이 사랑해 주고 최선을 다하자고.

기록 〈2020. 4. 27. 100% 현실 적응〉

역시 넌 영리해!
예전처럼 아무 불편 없이 잘 논다. 오늘 누야랑 달리기 시합.
용감한 꾸

정말 안 보이는 거 맞니?

신기하게도 꿈은 현실에 빨리 적응하였다. 사드 판명 후 약 2주 정도 집안을 탐색하더니 꿈은 거의 정상처럼 행동하였다. 바깥에 산책을 나가면 현관문을 나서자마자 꿈은 마구 달렸다. 막무가내 돌진하다가도 가로수나 벤치 같은 물체가

앞에 있으면 달려가다가도 어떻게 아는지 순간 옆으로 '샥' 비껴 서는 것이었다. 산이고 공원이고 평소처럼 달렸다. 그냥 달리는 정도가 아니었다. 누야가 잡고 있는 목줄에 누야가 끌려 다닐 정도로 힘이 막강하였다.

사람들은 우리가 실명한 강아지라고 말을 하기 전에는 전혀 몰랐다. 어느 날 눈곱 안약을 타러 병원에 갔었다. 의사가 "얘는 눈이 안 보이는 애가 아닌데요? 실명한 강아지들은 바닥에 내려놓으면 절대 움직이지 않고 가만히 서있기만 합니다. 얘, 보이는 것 같은데요?" 우리 가족은 의사의 말에 한 가닥 희망을 갖고 테스트를 해보기도 했다. 하지만 간식이 코앞에 있어도 못 찾았다.

강사모 맘들이 말했다.

"얼마나 주인을 믿으면 그렇게 맘 놓고 달릴까. 언니, 가족이 다 같이 꿈이를 사랑하고 완벽하게 보호하고 있다는 것을 꿈이가 아는 것 같아요."

맞다. 꿈 앞에 장애물이 있었다면 그렇게 꿈이 마구 달리도록 내버려 두지 않았을 테니까. 우리는 꿈이 신나게 달려주어서 얼마나 기뻤는지 모른다.

아주 가끔 불현듯 '아! 울 꿈이 눈 안 보이지? 깨닫는 날이면 마음 한편이 늘 아려왔다. 내가 널 볼 수 있는데 너는 날 볼 수 없구나······

나는 차츰 이 작은 아이가 내게로 와서 너무 많은 걸 보여 주고 있다는 생각이 들었다. 용감하고 씩씩한 너로부터 나는 깨닫는다.

아무리 슬픈 일이 닥쳐도 기쁘게 받아들이기.
슬퍼하지 않고 용감하게 일어서기.

인간이라면 이 상황을 어떻게 받아들였을까 생각해 보았다. 내가 만약 실명이라면 하늘이 무너질 것 같이 삶을 비관하거나 비애에 젖어 평생의 짐으로 여기며 살아가지 않았을까? 자기 생에 닥친 실명이라는 불행을 현실로 받아들이기까지 꽤나 오랜 시간이 걸렸을 테지.

하지만 이런 생각도 잠시... 또다시 시간은 흘렀다. 점차 꿈의 실명 사실은 우리의 기억 속에서 망각되어 가고 있었다.

2022. 2. 20. 마지막 생일 파티

아침부터 누야는 분주하다. 꿈이 생일 케이크를 만들 거라고 했다. 꿈이 우리 집에 온 지 엊그제 같은데 벌써 12년이라니. 생일을 매해 챙겨주지 않는데? 웬일인지 이번에는 누야가 특별하다. 단호박을 곱디곱게 갈아 원기둥 모양으로 만들고 그 위에 하트 모양 당근 한조각을 살짝 얹은 누야 표 케이크가 완성되었다. 나무 탁자 위에는 꿈이 좋아하는 음식이 한상 가득했다. 바삭 과자, 아삭 양상추. 밀크 우유. 사과, 후코이단. 탁자 가운데는 당근 케이크로 장식했다. 꿈이 더 오래오래 살길 바라는 우리 가족의 마음이 당근 케이크 위에 아로새겨졌다. 그러나 한 달 후에 무슨 일이 벌어질 지 아무도 몰랐다.

'두려워하는 건 반드시 찾아와. 이제야 모든 걸 알겠냐고 묻곤 하지.'[1]

2022. 2. 27. 사형선고 받던 날

◇◇◇◇◇◇◇◇◇◇◇◇◇◇◇◇◇◇◇◇◇◇◇◇◇◇◇◇◇

#　　겨울 오후 동네 병원

낮에 꿈이가 엉덩이를 들썩거렸다. 평소에 못 보던 행동이라 유심히 살폈다. 엉덩이 쪽 흰 털에 불그스레 핏빛이 보였다. 집 근처 동물 병원으로 가는 내내 평소에는 느끼지 못했던 불길한 느낌이 들었다. 축 늘어진 몸을 포대에 감싸 한 손으로는 꿈의 가슴과 배와 다리를 받치고 한 손으로는 탁구공만한 머리를 지그시 눌러 내 가슴 쪽에 기대어 안았다. 엄마의 직감은 틀리지 않았다.

"뭡니까? 아이가 신장 기능이 완전히 바닥입니다. 간식 뭐 먹었어요? 오늘부터 간식 다 끊고 당장 큰 병원으로 가세요."

"여기선 안 되나요?"

"제가 할 수 있는 거면 왜 다른 병원으로 가라고 하겠어요? 급하니까 빨리 가세요."

큰 병원으로 갔다. 검사 결과가 나왔다. 믿어지지 않았지만 의사 선생님이 네가 만성 신부전이라 하더구나. 길어야 3개월 남았다고.

"뭐라고요. 엄마? 만성 신부전이 뭐예요? 어쩐지.. 자꾸 목이 마르고 소변이

9 윌리엄 서머싯 몸 「인생의 베일」 中

자꾸자꾸 마려웠어요."

"근데 왜 말 안 했어?"

"엄마가 걱정할까 봐"

"엄마 걱정을 걱정해 주느라 네가 당장 오늘 죽는데도 말을 안 해? 죽으면 못 보는 거야!"

'난 어차피 엄마가 눈으로 안 보여요. 하지만 난 엄마를 볼 수 있어요. 언제든.'

바보 엄마한테는 이 말이 들리지 않았다. 내가 하고 싶은 말만 할 뿐.

"이 바보야, 밥도 잘 먹고 간식도 잘 먹고 놀기도 잘 하니까 엄만 전혀 몰랐잖아. 난 널 떠나보내지 않을 거야."

"엄마, 말씀 안 드려서 죄송해요."

만성 신부전이라니, 3개월 밖에 안 남았다구? 이렇게 멀쩡한데? 며칠 전 생일 파티 날에도 누가 주인공 아니랄까 봐 가족들 사이를 비집고 파고 들어와 누야가 만든 하트 모양 당근 케이크를 먹겠다는 일념으로 킁킁 코를 씰룩대던 아이가 아닌가. 비록 시력은 없지만 정상보다 잘 보고 잘 뛰어노는데? 밥 잘 먹고 똥 잘 싸면 건강한 거라는 옛말이 이날만큼은 가짜 뉴스다.

입원하자 만신창이 환자로

병원에 입원한지 일주일. 하루가 다르게 아이의 몰골이 말이 아니었다. 너무나 갑작스러웠다. 입원 전과 후가 이렇게 다를 수 있을까. 달라도 너무 달랐다. 삶과 죽음의 경계가 이토록 가벼울 수 있을까. 나는 여전히 믿을 수 없었다.

그러나 아무리 내가 받아들일 수 없다고 외쳐 봐도 소용없었다.

꿈이 몸이 자꾸만 작아지는데... 탁구공만 하던 꿈의 머리가 이제 살점이라고는 하나 없는 얇은 껍질만 남아 새끼손가락으로 건드리면 부서질 것만 같았다. 그렇게나 잘 먹던 아이가 만성신부전 진단을 받고 입원하자마자 환자가 되어 버리다니. 또 한 번 불가사의하기만 한 이 상황을 어떻게 받아들여야 할지 몰랐다.

"저.. 선생님... 병원 오기 전까지 전혀 우린 못 느껴서... 최근 기운이 없는 것 같고 가만히 잠만 자기는 했어도 평소와 크게 다르지 않았어요. 그런데 전혀 먹지도 못하고 걷지도 못하고 그럴 수 있는 거에요? 왜죠?" 나는 물었다.

"아마 꿈이 많이 힘들었을 거예요. 이 정도면. 아마 아이가 아팠는데 모르셨을 거예요."

"...........”

어디선가 들었던 이야기 같다. '아마'라는 말이 너무 야속했다. 일주일이 지나고 2주째 신장 수치는 여전히 호전 될 기미가 보이지 않았다. 결국 의사는 말했다.

"집에 돌아가서서 꿈이와의 마지막 시간을 가족들과 보내는 게 좋을 것 같습니다."

각종 검사와 혈관 주사로 만신창이가 된 아이를 안고 퇴원을 했다.

2022. 3. 26. 죽음으로 가는 여정

◇◇◇◇◇◇◇◇◇◇◇◇◇◇◇◇◇◇◇◇◇◇◇◇◇◇◇◇◇◇

2주간의 사투, 죽음의 문턱에서 엄마와

낮에는 하루 종일 너를 내 무릎에 앉혀 놓고 수업 준비며 식사 준비를 했어. 심지어 화장실을 갈 때도 네 몸을 내게서 떼어놓을 수 없어 캥거루 엄마가 되어 너를 내 품에 달고 다녔지. 밤에는 한 이불 안에서 널 꼭 데리고 잤어. 깡마른 네 몸이 너를 감싸 안은 내 왼팔과 옆구리에 닿을 때마다 함께 있을 수 있다는 게 이렇게 행복할 수 있구나 싶었다. 네가 이렇게 내게 와주어서 얼마나 기쁜 건지 그동안 잊고 있었어.

밤마다 넌 오줌을 누워서 지렸어. 엄마의 잠옷과 이불은 네 오줌으로 자주 젖었지. 새벽마다 두 번씩 너를 안고 욕실로 가서 오줌에 흥건하게 젖은 네 몸을 따끈한 물로 닦아주었지? 그리곤 다시 엄마는 너를 꼭 껴안고 잤어. 다시 못 올 날을 이제라도 붙잡아 매어 너의 온몸을 기억하려는 듯 말이야.

새벽녘 네 인기척이 느껴져 잠에서 깨어났을 때야. 넌 그날 죽음의 그림자를 느꼈나 봐. 네 움직임이 느껴져 눈을 떠보니 네가 가누지도 못하는 다리를 자꾸만 자꾸만 세워보겠다고 하는 거야. 너의 다리가 너를 지탱해 주지 못해 일어날 수 없게 되어버렸는데. 단 한 번만이라도 넌 네 의지로, 두 다리로 서보겠다고 안간힘을 썼어. 한창때처럼 뜀박질하던 네 모습을 다시 확인하려는 듯.

"꿈아! 왜 그래? 자자. 엄마 졸려. 자야지. 착하지 우리 꿈이."

그래도 넌 계속 다리를 곧게 펴려고 안간힘을 쓰더구나.

"왜 그래! 엄마 졸리다고. 벌써 며칠째 너 간호하느라 엄마 너무 힘들어."

"엄마, 잠시 만요. 제 다리가 안 서져요. 예전처럼 누야랑 달리려면 서야 돼요. 오늘은 힘이 나는 것 같아요. 다 나은 것 같아... 설 수 있을 것 같아서 그래요."

뼈만 앙상하게 남은 그 작은 얼굴이 희망으로 웃고 있었다. 그래서 난 더 만류할 수가 없었다. 난 너를 도왔다. 다가오는 죽음의 그림자를 너로부터 떼어놓아야만 한다는 강렬한 욕망으로 난 지치고 스러지는 네 다리를 받쳐 주었다.

나는 너의 처절하고도 끈질긴 자기애를 지켜보며 펑펑 울었다. 네 몸은 네 생각대로 되지 않았다. 한쪽 다리를 반쯤 세우려 하면 다른 편 다리가 말을 안 듣고 앞다리를 세우려 하면 뒷다리가 스러지고. 그러자 드디어 가까스로 중심 잡고 서게 되었을 때 너는 웃고 있었어. 아주아주 잠깐이었지만 넌 서는 데 성공했고 설 수 있다는 게 기뻤나 봐.

찰나의 순간을 맛본 너는 힘에 부치는지 이내 털썩 주저앉았다. 그리곤 엄마

가슴에 얼굴을 묻었다.

"꿈이 우니?"

네 얼굴에 슬픔이 어려 있었다. 다시는 일어설 수 없다는 걸 알았는지 자포자기 상태로 말이야.

"그래도 엄마가 있으니 좋아요. 엄마 가슴은 늘 따뜻해요."

그러곤 우리 둘은 이내 곯아떨어졌다. 그리고 나는 꿈을 꾸었다.

\#   첫 번째 꿈

꿈이   : 하느님! 하느님! 제 주인이 하고 싶은 게 있다는데.. 들어주실 수 있어요?

하느님 : 너 또 왔냐?

꿈이   : 네 하느님... 제발요... 저희 주인이 기뻐하는 모습을 보고 싶어요.

하느님 : (귀여워하면서 마지못해) 알았다. 알았어. 이제 얼른 가서 친구들이랑 놀아!

2022. 3. 27. 이른 아침, 다시 생명의 빛

◇◇◇◇◇◇◇◇◇◇◇◇◇◇◇◇◇◇◇◇◇◇◇◇◇◇◇◇◇◇◇◇◇◇◇◇

\#　너의 작고 까만 반짝이는 두 눈을 마주하고

새벽에 그 난리를 쳤는데도 꿈은 내 옆구리에 찰싹 붙어서 엄마가 깨어나기
만을 기다리고 있었다.

"아고, 울 꿈 일어났어요? 안 피곤해요? 어제 열일 했잖아요."

"엄마... 축축해요."

"아, 젖었구나. 엄마가 씻어줄게."

오늘은 생기가 넘쳐 보였다. 깨끗하게 씻긴 후 아침먹일 준비를 했다. 주사기
에 신장용 액상 사료를 넣고 신장 약을 섞었다. 20일 전부터 전혀 먹을 것을 못
넘겼던 아이가 오늘은 웬일인지 쓰디쓴 약을 넣었는데도 꼴딱꼴딱 잘도 받아먹
었다. 까맣고 반짝이는 두 눈을 말똥거리며 내 눈을 똑바로 쳐다보면서.

"엄마, 저 잘 먹지요? 이제 엄마 속 안 썩일게요. 밥도 잘 먹고 약도 잘 먹어서
빨리 나을게요."

"어머! 얘들아! 꿈이 이제 약발이 서나 봐. 웬 일이라니. 오늘 먹기 시작하네.
이것 봐."

나는 기쁨에 넘쳐 너의 작아진 몸과 부서질 것만 같은 네 머리를 받치고 한 방
울이라도 흘릴 새라 주사기를 입에 모로 꽂고 피스톤을 조금씩 밀었다. 사료가
너의 입속에 한 방울씩 들어갈 때마다 우린 한줄기 희망을 품었다.

꿈.. 생명이 있는 꿈을 바랍니다...

다 먹고 나서 이내 잠든 널 바라보았다. 우리 가족은 새로운 희망을 가져다준 신께 감사했다.

작은 새 한 마리가 날아갈 것 같아.

깃털을 다듬어 줄게

다른 나라로 가더라도

내게 오는 길을 기억해야 돼.

너의 길 위에 바삭한 과자를 놓아둘게.

2022. 3. 27. 하늘나라 천사의 부름을 받고

곤히 잠든 너를 보고 내 작업실로 들어왔다. 어제 강의처 담당자에게 못 보낸 메일 전송 버튼을 누르기까지 아주 짧은 시간이 흘렀다. 버튼을 누르자마자 다시 꿈이 자고 있는 거실로 나갔다. 한시도 네 옆을 떠나선 안 되었는데.

"꿈아!"

나가보니 네가 발작을 하고 있었다. 의사가 알려준 대로 나는 두 팔로 너의 몸을 동그랗게 감싼 채 나의 품으로 너를 온전히 끌어안았다. 내 품에서 네 작은 몸이 떨고 있었다. 제발… 나는 숨죽이고 내 두 팔과 가슴으로 전해오는 떨림이 빨리 멈추길 간절히 바랐지. 그때였어.

"엄마 숨을 못 쉬겠어요. 쉬고 싶은데 안 쉬어져요. 머리가 당기고 아파요. 엄마 여기 어디예요? 엄마가 잘 안 보여요. 이제 마음으로도 엄마.. 모습이.. 안 보여…"

"꿈아! 착하지 내 아가!"

나는 분명 말을 했지만 소리가 밖으로 나오질 않았다.

"후……,"

내 아이의 마지막 숨결이 가슴을 파고들었다.

에필로그

2022. 4. 15. 두 번째 꿈

◇◇◇◇◇◇◇◇◇◇◇◇◇◇◇◇◇◇◇◇◇◇

꿈에서 누군가를 만났다. 연한 하늘색 하늘하늘 얇고 긴 옷자락을 걸치고 있었다. 하느님이라고 했던 것 같다. 꿈이라고도 말했다. 그런데 꿈이 아니었다.

나는 긴 옷자락에게 물었다.

"우리 강아지 잘 지내고 있나요?"

긴 옷자락이 말했다.

"친구들이랑 놀긴 하는데, 그보다는... 주인이 보고 싶어서 우는 때가 많아."

내가 다시 물었다.

"왜요?"

꿈이 말했다.

"주인이 매일 우니까요."

"……………"

꿈이 떠난 지 1년이 된 지금 2월을 맞이하고 있다. 함께 했던 존재의 사라짐이 이토록 고통스러울 수 있을까. 부르지 않아도 저절로 '꿈아'하고 이름이 입 밖으로 튀어나와 눈물이 앞을 가릴 때가 많다. 그럴 때마다 나는 하늘을 쳐다보곤 한다. 그리곤 꿈과 이야기를 나눈다.

"하늘나라에서는 네가 보고 싶은 거 다 볼 수 있지? 꽃, 풀잎, 파란 하늘, 새, 그리고 엄마 얼굴, 다 보이지?" 나는 돌아오지 않는 대답을 대신하며 혼자 중얼거린다.

그리곤 이렇게 속삭인다.

"이젠 더 이상 슬퍼하지 않을게. 울지 말거라, 내 강아지……."

내게로 왔다.

나를 떠났다.

아직 꿈이 있다.   〈2023. 2〉

김
민
준

소개말

테니스를 처음 접한 시점은 고3 때다. 대학 합격 후, 나는 쌓인 살을 덜어내기 위해 테니스를 택했다. 3개월가량의 짧은 시간 동안 나는 감량에 성공했다. 소정의 목표를 달성한 뒤 테니스는 사라졌다. 대학, 군대 시절 동안 간혹 테니스가 생각나긴 했다. 다만 그 정도뿐이었다.

직장 생활이 시작되었다. 원하던 직장이었지만 배정받은 직군은 생소했다. 공과생이던 나에게 문과적 소양을 바라던 직군의 적응은 생각보다 쉽지 않았다. 1, 2년.. 그리고 4년, 업무에 몰입했다. 성과는 차츰 올라갔다. 다만 정신은 피폐해지고 있음을 느꼈다. 그때 사라졌던 테니스가 다시 나를 찾아왔다.

문득 거부감이 들었다. 여유 없던 삶에 테니스를 끼워 넣는 것은 사치라 생각했다. 그러나 순간 내 손엔 라켓이 들려 있었고, 나는 다시 공을 치기 시작했다. 1, 2년... 그리고 4년, 테니스에 몰입했다. 그리고 삶은 온전히 변했다.

요약된 나의 일대기다. 그렇다. 나는 일개 동호인이다. 테니스 구력 또한 얼마 되지 않는다. 다만 나는 구력 내내 테니스 연구에 충실했다. 만난 코치는 5분이며, 웬만한 유튜브 채널은 죄다 구독 중이다. 많은 테니스 카페를 통해 지식을 얻는 중이며, 출판된 대부분의 테니스 도서를 읽었다. 물론 앞선 내용이 내 지식의 불완전함을 채워주진 못한다.

다시 말하지만 나는 테니스 코치도, 선수도 아니다.

그럼에도 불구하고 이 책을 쓴 목적은 간단하다. 테니스를 사랑하는 사람들에게 색다른 통찰을 전달하는 것, 그것이 나의 목적이다. 중요하다 생각되는 10가지 범주를 선택하여 목차를 꾸렸다. 범주마다 '단 하나'의 요인을 뽑아 세부 내용을 꾸렸다. 요인은 보편적으로 알려진 내용보단 '중요하다 알려지지 않은 중요한' 내용을 담으려 노력했다. 앞서 말했듯 책의 목적인 색다른 통찰을 위해서다.

어제보다 더 나은 오늘을 갈망하는 모든 테니스인에게 이 책을 건넨다.

그립, 라켓을 어디서 만나는가?

몸과 라켓은 어디서 만나는가? 손이다. 손으로 라켓을 움켜쥐면서 둘은 하나가 된다. 손은 신체 중 라켓과 조우하는 유일한 신체 부위다. 라켓을 움켜쥐는 행위를 테니스에선 그립이라고 한다. 처음 테니스를 배우는 순간을 떠올려 보자. 우리는 이스턴, 세미웨스턴 등 다양한 종류의 그립을 배운다. 그러다 일부 시행착오를 겪으며 하나의 그립에 안착한다.

테니스는 나름 고급 스포츠다. 게임에 들어가기 전까지 통상 1년 정도의 레슨이 필요하다. 가장 처음, 그립에 대한 레슨을 받는다. 그 이후 여러 기술을 배워나간다. 대략 1년 후, 게임을 진행한다. 문제가 발생한다. 문제 해결을 위해 생각의 나래를 펼친다. 스텝이 문젠가? 테이크백이 늦은 건가? 공을 끝까지 보지 못했나? 물론 그런 해결책들이 빛을 발하는 순간도 있다. 하지만 대부분의 해결책은 '그립'으로 귀결된다. 어찌 보면 당연하다. 라켓과 몸은 그립을 통해 조우한다. 자연스럽게 그립은 많은 문제와 직결되어 있다.

시행착오 끝에 하나의 그립을 온전히 받아들였다고 가정해 보자. 대부분은 그곳을 종착지로 생각한다. 그립을 온전히 잊고 다른 배움의 분야로 눈길을 돌리기 시작한다. 하지만 이는 섣부른 생각이다. 그립은 여전히 신체와 라켓, 나아가 신체와 공을 연결하는 중요한 부분이다. 이를 명심하며 그립에 대한 지식을 심화해 나가야 한다.

그립과 관련된 다양한 파생 질문을 던져야 한다. 라켓 손잡이 내 어느 위치를 잡을 것인가? 라켓을 쥔 다섯 손가락 중 어느 곳에 힘을 줄 것인가? 스트로크 상황마다 그립을 바꿔나갈 것인가? 서브 구질을 고려하여 그립을 변화할 것인가? 라켓과 손목의 각도는 어떻게 설정할 것인가? 무수히 많은 질문을 던지고 답해야 한다. 현재 나는 각 질문에 대한 나만의 답을 지니고 있다. 다만 나의 해답이 모두에게 들어맞는 정답이라 생각하지 않는다. 플레이 스타일, 신체조건 등을 고려하여 자신만의 해답을 찾아 나가 보도록 하라. 성장은 자연스레 따라올 것이다.

명심해라. 그립은 라켓과 조우하는 유일한 신체 부위임을. 그립은 테니스의 시작이자 끝임을.

스윙 궤적, 라켓을 어디까지 휘두르는가?

공이 네트를 넘어 포핸드 방향으로 날아온다. 자연스럽게 몸을 돌리며 힘을 응축한다. 라켓 또한 테이크백 된 후 살포시 떨어진다. 공이 지면에 부딪힌 후 튀어 오른다. 꼬인 스프링을 풀듯 몸을 다시 풀어준다. 정해둔 임팩트 지점을 향해 라켓을 당겨온다. 임팩트! 공이 네트 너머로 날아간다. 공에 시선을 두며 다음 랠리를 준비한다. 스윙 과정을 묘사해 보았다. 한 가지 질문을 던져 본다. 앞선 스윙은 모든 과정을 담고 있을까? 저자는 반쪽짜리 스윙이라고 생각한다.

코트에서 가장 집중해야 할 대상은 공이다. 그러므로 자연스럽게 공과 라켓이 만나는 임팩트 시점이 중요해진다. 임팩트, 중요하다. 다만 과연 얼마나 중요할까? 우리는 1차원이 아닌 3차원 속에서 경기를 진행한다. 따라서 1차원상의 공이 아닌 3차원상의 공에 집중해야 한다. 즉 정지해 있는 한순간의 공이 아닌 '공의 궤적'에 집중해야 한다. 임팩트는 하나의 점, 1차원에 불과하다.

그렇다면 공의 궤적은 어떻게 형성될까? 임팩트, 물론 중요 요인이다. 하지만 임팩트 순간만으로 공의 궤적이 형성되는 것은 아니다. 공의 궤적은 임팩트 전후에 이뤄지는 라켓의 '스윙 궤적'에 의해 형성된다. 자, 다시 앞선 스윙 상황으로 돌아가 보자. 스윙 속에서 임팩트 전의 스윙 궤적은 존재한다. 다만 '임팩트 후의 스윙 궤적'은 존재하지 않는다. 임팩트 후의 스윙 궤적(팔로스루), 공의 궤적에 영향을 미치나 많은 사람이 간과하는 요소다.

간단한 실험으로 임팩트 후 스윙 궤적의 중요성을 증명할 수 있다. 우선 가상의 임팩트 위치로 라켓을 이동한다. 라켓을 지면과 수평으로 돌린 후 그 위에 공을 올린다. 임팩트 후 스윙만으로 공의 궤적을 조절해 본다. 임팩트 전 스윙이 없음에도, 임팩트 후 스윙만으로 공의 궤적은 손쉽게 조절된다.

임팩트는 분명 강렬하다. 경쾌한 타구음, 날리는 보풀, 떨리는 라켓의 진동은 시선을 사로잡는다. 그러나 잠시 멈춰 서자. 이상적인 공의 궤적을 위한 스윙 궤적은 아직 마무리되지 않았다. 임팩트로 향하는 시선은 잠시 접어두고 이제 곧 시작되려 하는 임팩트 후 스윙에 집중해 보자. 그 순간 미려한 공의 궤적은 자연스레 따라올 것이다.

타법, 라켓을 어떻게 휘두르는가?

포핸드 타법의 종류는 다양하다. 주로 3가지 타법이 인터넷에 떠돈다. '밀어치기, 당겨치기, 감아치기'. 하지만 타법에 대한 설명은 우후죽순이다. 다양한 사람들이 다양한 정의를 내세운다. 궁금했다. 어떻게 타법을 구분할 수 있을지? 어떤 변수가 이들을 구분하는 것인지? 혼돈을 틈타 재정의에 도전했다.

타법을 구분 짓는 주요 변수로 '팔로스루'를 선택했다. 팔로스루, '임팩트 이후 라켓의 궤적' 이 타법을 결정하는 주요 인자라 생각했다.

원활한 설명을 위해 몇몇 개념을 들고 왔다. 공을 기준으로 발생하는 힘과 스핀들이다.

직진성은 네트 방향으로 직진하는 힘이다.

탑스핀은 공의 상하 방향 회전량이며, 사이드스핀은 공의 좌우 방향 회전량이다. 각각의 타법은 이 3가지 힘을 다양한 형태로 발생시킨다.

본격적으로 타법과 팔로스루를 연결해보자. 밀어치기는 임팩 후 라켓을 전방으로 끌고 간다. 공을 밀어주기에 자연스레 직진성이 가미된다. 다만 미는 과정에서 에너지를 많이 소실하므로 그 이후 궤적의 속도는 현저히 줄어든다. 감아치기는 임팩 후 라켓을 상향 이동한다. 단적인 예로 리버스포핸드 타법이 있다. 스핀량은 증가하지만, 직진성은 떨어진다. 당겨치기는 임팩후 몸쪽으로 라켓을 당긴다. 흔히 가로스윙(와이퍼스윙)이라 하며. 강한 사이드스핀과 직진성이 가미된다.

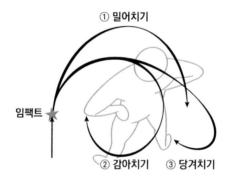

구분	타법	팔로스루 궤적	주요 변수
①	밀어치기	임팩 → 전진	직진성
②	감아치기	임팩 → 상향	탑스핀 + 사이드스핀
③	당겨치기	임팩 → 사이드	사이드스핀 + 직진성

테니스와 춤을

그렇다면 어떤 타법을 지향해야 할까? 포핸드는 시대의 흐름과 함께 진화했다. 현재 선수들의 포핸드는 모던 포핸드라 불린다. 모던 포핸드의 특징 중 하나는 스탠스다. 대부분 세미오픈 스탠스로 경기를 진행한다. 여기서 하나의 타법이 탈락한다. 바로 밀어치는 타법이다. 밀어치는 타법은 클로즈 스탠스와 적합하다. 세미오픈 스탠스와는 함께 하기 힘들다. 미는 구간이 짧기에 힘을 전달하기도 어렵고, 타법 특성상 스핀량도 현저히 줄어든다.

감아치기와 당겨치기가 남았다. 어떤 타법을 지향해야 할까? 예상했겠지만 직진성과 스핀을 동시에 얻는 '당겨치기'가 우리가 지향해야 하는 방향이다. 감아치기를 아예 배제하란 얘긴 아니다. 앵글샷, 루프샷 등엔 감아치기가 유리하다. 즉, 당겨치기를 기반으로 플레이하되, 감아치기를 전략적으로 섞어줘야 한다.

3가지 타법을 범주화한 목적은, 상황에 맞게 적절한 타법을 선택하기 위함이다. 물론 타법을 선택할 수 없는 상황도 존재한다. 다만 선택할 수 있을 때 타법을 자각하고 있다면, 좀 더 전략적 선택지가 넓어질 것이다. 타법을 자각하여 공의 주도권을 다잡아 가자.

테이크백, 휘두름 속 개성이 존재하는가?

모든 스포츠엔 표준 자세가 존재한다. 테니스도 이를 피해 갈 순 없다. 포핸드를 예로 들어보자. 유닛턴, 테이크백, 임팩트, 팔로스루 순서로 스윙은 진행되며 각각은 정형화된 방법론을 따른다. 그러나 만일 그중에서 자유도가 높은 구간이 있다면? 나의 개성을 담아내면서도 형식을 유지할 수 있는 구간이 있다면? 그 구간을 변화시켜야만 하지 않을까? 나만의 개성을 녹여내야 하지 않을까?

'테이크백'이 바로 그곳이다. 선수들의 테이크백 자세는 각기 상이하다. 페더러는 곧바로 라켓 드롭을 진행하고, 나달은 라켓을 수직으로 세운 뒤 라켓 드롭을 진행한다. 티아포는 라켓을 백펜스를 바라보게 덮고, 치치파스는 반대로 네트를 바라보게 열어 둔다. 이 외에도 다양한 종류의 테이크백이 존재한다. TOP 10으로 표본을 좁혀봐도 동일하다. 즉, 테이크백은 분명 자유도가 존재한다.

그렇다고 해서 완전히 자유로워선 안 된다. 테이크백에도 지켜야 할 규칙이 있다. 테이크백 말미에 라켓 면은 지면과 거의 평행해야 한다. 이는 스윙에너지 관리를 위해서다. 이후 진행될 스윙시 에너지를 공에 효율적으로 전달하기 위해, 이 자세는 꼭 필요하다.

최근 테이크백의 동향은 '간결'이다. 많은 선수는 앞서 말한 규칙을 준수하는 전제하에 테이크백 경로를 최적화한다. 이유는 준비 시간 단축이다. 상대의 공이 빨라질수록, 준비 동작도 빠르게 진행되어야 한다. 간결한 테이크백은 이에 도움을 준다.

그럼에도 나의 테이크백은 간결하지 않다. 나달의 포핸드, 권순우의 백핸드처럼 라켓을 수직으로 세우는 동작이 가미된다. 그들과 완벽히 동일하지는 않다. 나만의 개성 한 스푼을 가미한다. 몇몇 코치분들은 물으셨다. 왜 정형화된 틀을 따르지 않는지. 사실 나도 잘 모르겠다. 그저 매 순간 고유한 존재로 남길 원하는 인간의 기본 욕망이 투영된 것이 아닐까?

주 손, 무슨 손으로 밥을 먹는가?

당신의 주 손은 무엇인가? 당신은 오른손잡이인가? 왼손잡이인가? 무엇이든 아마 주 손으로 포핸드를 휘두를 것이다. 그렇다면 백핸드는 무슨 손으로 휘두르는가? 원핸드 백핸드라면 주 손으로 휘두른다. 투핸드 백핸드라면 양손으로 휘두른다. 그렇다면, '투핸드 백핸드시 주 손은 무엇인가?'

대다수 동호인들처럼 나의 약점은 백핸드다. 이를 보완하기 위해 많은 피드백을 진행했다. 그중 자세 교정이 기억에 남는다. 처음에는 코치님의 자세를 따랐다. 그러나 공이 잘 맞지 않았다. 프로선수들을 찾아 헤맸다. 정제된 자세를 구사하는 한국의 권순우부터 플랫성 공을 주로 치는 니콜라스 바실라시비히, 탑스핀성 공을 주로 치는 캐스퍼 루드, 독특한 자세의 라파엘 나달까지. 그러나 공이 잘 맞지 않았다. 마지막엔 나만의 자세를 찾았다. 그러나 공이 잘 맞지 않았다. 무언가 내가 의식하지 못한 문제점이 있단 걸 가슴은 눈치챘으나 머리는 이해하지 못했다.

그렇게 시간이 흘렀고 TFCC란 질병에 걸렸다. TFCC 덕분에 나의 주손의 손목은 망가졌다. 나는 주 손의 반대 손으로 생활하기 시작했다. 그리고 그 순간 큰 통찰이 내게 다가왔다. 주 손과 반대 손의 능력치 차이는 실로 엄청났다. 단순히 힘의 차이를 넘어, 정밀함, 지구력 등 심히 많은 분야에서 큰 차이를 보였다. 그곳이 나의 백핸드 문제의 시발점이었다.

투핸드 백핸드의 핵심 중 하나는 바로 '주 손의 반대 손이 중심'이 되어야 한단 것이다. 만일 포핸드를 오른손으로 휘두른다면 백핸드는 왼손이 중심이 되어야 한다. 물론 투핸드 백핸드는 양손으로 휘두르기에 오른손의 비중도 일부 존재한다. 하지만 왼손을 넘어서선 안 된다. 문제는 무의식적으로, 나도 모르는 사이에 내 백핸드의 중심은 주 손이었다는 것이다. 미려한 백핸드가 만들어질 수가 없었다.

'문제 인식은 어렵지만 개선은 쉬운 건', 주손 문제는 위 범주에 속한다. 미미했던 주 손의 반대 손의 사용 빈도를 높여나간다면, 미려한 투핸드 백핸드는 자연스레 따라올 것이다.

탑스핀, 공격하며 방어하는 법을 아는가?

언포스드 에러, 상대의 공격이 아닌 나의 실수로 인해 점수를 잃는 상황을 말한다. 테니스에서 언포스드 에러를 줄이는 것은 매우 중요하다. 프로 세계 또한 대부분 점수는 상대의 공격보다 나의 실수로 만들어진다. 실수가 잦은 동호인 세계는 두말할 나위 없다. 언포스드 에러 관리는 더욱 중요해진다.

그렇다면 언포스드 에러를 어떻게 줄일 것인가? 테니스는 네트 '위'로 공을 넘겨 라인 '안'에 공을 넣는 경기다. 공을 네트와 라인이란 두 가지 장애물을 필연적으로 만난다. 만일 공이 두 장애물을 모두 회피하는 확률이 높아진다면, 언포스드 에러는 자연스럽게 줄어든다.

그렇다면 어떻게 장애물을 회피할 것인가? 두 가지 장애물을 동시에 해결해주는 수단 하나가 떠오른다. 바로 '탑스핀'이다.

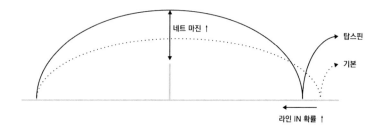

탑스핀은 공의 상하 회전을 의미한다. 탑스핀을 늘릴 시 공의 회전으로 상하 압력 차가 만들어지며, 이에 따라 공은 빠른 속도로 낙하한다. 따라서 위 그림과 같이 네트 위 마진을 높이면서도 공을 라인에 넣을 수 있게 된다. 자연스레 언포스드 에러 또한 줄어든다.

언포스드 에러만 줄일 수 있는 게 아니다. 공격 시에도 도움이 된다. 탑스핀은 지면과 만난 후 바운드 되는 양과 속도를 늘려 준다. 이로 인해 상대는 높은 곳에서, 빠르게 타점을 형성해야 하는 상황에 봉착한다.

탑스핀을 하나의 '옵션'으로 생각하는 사람들이 많다. 접근법을 바꿔야 한다. 탑스핀은 옵션이 아닌 '기본'이다. 공격과 방어에, 동시에 기여하는 도구를 옵션으로 둘 이유가 없다. 이는 나만의 생각이 아니다. 현대 테니스의 흐름이다. 현 선수들의 상황이며, 동호인이 나아가야 할 방향이다.

어떻게 탑스핀을 생성할 것인가? 에 대한 답은 길고도 길다. 글을 읽고 탑스핀에 대한 인식이 변화하기 시작한다면 저자의 블로그를 찾아오라. 탑스핀을 기본 스킬로 장착하는 방법론이 그곳에 존재한다.

주도권, 누가 공을 손에 쥐었는가?

눈에 보이는 부분에 집중하는 것, 이는 물론 중요하다. 다만 종종 통찰은 눈에 보이지 않는 곳에서 발현된다. 그 부분을 잘 포착해야 한다.

서브권을 쥔 선수가 서브를 넣는다. 상대 선수가 리턴에 성공한다. 그 후 한동안 렐리가 오간다. 누군가의 위닝샷으로 점수는 결정된다. 그렇다면 과연 무엇이 점수를 결정지었을까? 날카로운 T존 서브, 강력한 포핸드 크로스, 정밀한 백핸드 다운더라인, 깔끔한 패싱샷. 모두 정답이다. 다만 이 모두를 함축하여 단 하나의 단어로 표현한다면? 어떤 단어가 적합할까?

'주도권'. 추상적인 단어다. 한눈에 보이지 않는다. 그러므로 손쉬운 관찰이 가능한 위의 정답들보다 발견하기 힘들다. 그럼에도 주도권은 공이 서브를 통해 떠나가는 순간부터 존재한다. 우리는 이 추상적이나 모든 것을 축약하고 있는 단어를 경기 속에서 알아차려야 한다. 알아차린 후 주도권을 고려한 전략을 수립해야 한다.

주도권을 어떻게 알아차릴 수 있을까? 테니스 코트 내에서의 주도권을 간단히 정의해 본다. 주도권은 '상대와 나 사이 준비시간의 편차'다. 나의 준비시간이 많고 상대는 적다면 주도권을 내가 쥔 것이며, 상대의 준비시간이 많고 나는 적다면 주도권을 상대가 쥔 것이다.

구분	준비시간			공수 맥락
	나	상대		
①	많음	많음	0	중립
②	많음	적음	+	공격
③	적음	적음	0	중립
④	적음	많음	−	수비

주도권의 유무에 따라 전략은 상이해진다. 먼저 주도권이 내가 쥐었는지, 상대가 쥐었는지 인지해야 한다. 주도권을 내가 쥐었다고 판단되면, 유지/공격 전략을 펼친다. 유지 전략으로 현상을 이어가며 상대의 언포스드 에러를 유도해 내거나, 공격 전략으로 네트 대쉬나 앵글샷 등 공격을 진행한다. 주도권을 상대가 쥐었다고 판단되면, 수비 전략을 펼친다. 준비시간을 확보하기 위해 깊은 슬라이스를 두거나, 높은 네트 마진의 공으로 상대를 베이스라인 밖으로 밀어낸다.

물론 위 전략들은 단편적인 예시에 불과하다. 주도권을 가진 상태에서 상대의 백핸드 쪽으로 샷을 구사했다 가정해보자. 만일 상대가 백핸드에, 특히 다운더 라인 샷에 강점이 있다면? 이는 악수가 된다. 상대에 대한 정보를 입수해야 한 다. 많이 알면 알수록 주도권을 손에 넣기가 수월해진다.

분명 상대방보다 우위에 있다고 생각했으나 경기는 뒤질 때가 있다. 그 순간, 잡다한 생각을 접어두고 하나를 떠올려 보라. '누가 주도권을 쥐고 있는가?' 주 도권에 대한 메타인지를 높여야 한다. 주도권을 기반으로 전략을 수립하고 공 하나하나에 나름의 의미를 담을 때, 포인트는 자연스레 찾아올 것이다.

단신, 다윗은 골리앗을 이길 수 있는가?

테니스에서 키는 승리를 위한 주요 인자다. 현 기준 TOP10 선수 모두 180cm 를 넘는다. 190, 200cm에 이르는 선수들도 자주 보인다. 그들은 강력한 서브로 게임을 손쉽게 장악한다. 메드베데프, 테일러 프리츠, 존 이스너 등이 그 예시 다. 그러나 쭉 내려가다 보면 반가운 얼굴을 맞이한다. 34위 니시오카, 일본의 단신 선수다. 37위엔 디에고 슈왈츠만이 보인다. 아르헨티나의 단신 선수로 재 작년엔 TOP10도 달성했다. 더 내려가면 반가운 68위 권순우도 있다.

분명 테니스에서 키는 주요 인자다. TOP100 데이터는 이를 보여준다. 다만 다윗에게도 분명 기회가 있다. TOP100 데이터는 이 또한 보여준다. 동질감을 느끼며 다윗의 전략을 분석해 봤다. 선수당 한 가지 정수를 뽑아냈다.

단신이 마주하는 어려움 중 하나는 높은 공 처리다. 니시오카는 '웨스턴 그립'으로 이를 극복해냈다. 웨스턴 그립은 극단적으로 면을 덮는 그립이다. 덮힌 면은 강한 탑스핀을 생성해낸다. 앞서 설명했듯 탑스핀은 안정성으로 귀결된다. 그는 강한 탑스핀으로 높은 공을 안정적으로 처리한다.

높은 서브 확률은 서브 에이스보다 중요하다. 〈테니스 전술 교과서〉에선 60%↑ 확률을 언급한다. 하지만 단신에게 이는 그리 쉽지 않은 일이다. 키가 작다고 네트 높이가 줄어들진 않는다. 서브 확률을 높이기 위한 전략이 필요하다. 슈왈츠먼의 전략은 탑스핀 서브다. 플랫 서브는 분명 서브 확률을 떨어뜨린다. 다만 장신은 거대한 타점으로 이를 상쇄한다. 슈왈츠먼에겐 그런 능력이 없다. 그는 플랫에 탑스핀을 가미한 서브를 구사한다. 에이스를 내려놓고 높은 서브 확률을 가미한다.

앞서 니시오카는 높은 공을 그립으로 극복했다. 한국 랭킹 1위 권순우는 다른 방법을 사용한다. 그는 공이 정점에 도달하기 전 타점을 형성한다. 라이징볼, 지면에 맞고 튀어 오르는 순간에 볼을 처리한다. 라이징볼 처리는 양날의 검이다. 정점에 도달하기 전이므로 공의 속도가 빠르다. 시점을 당긴 만큼 타점을 잡기가 쉽지 않다. 하지만 권순우는 이를 장착했고, 손쉽게 높은 공을 처리한다.

여기까지 다윗의 전략을 살펴보았다. 문득 한 가지 질문이 떠오른다. '단신들의 공통 전략은 무엇일까?' 바로 '베이스라이너'다. 다윗이 골리앗을 어떻게 이겼는가? 민첩한 발을 활용했다. 단신은 상대적으로 순발력이 빠르고 코트 커버 범위가 좁다. 이를 가장 잘 활용할 수 있는 무대가 바로 베이스라인이다. 자신의 무대에서 주도권을 잡아나가야 한다.

올바른 전략만 함께한다면, 다윗에게도 분명 길은 열려 있다.

부상, 몸뚱아리는 안녕한가?

코로나 격리기간 동안 몸이 찌뿌둥해 참을 수 없었다. 이를 해소하기 위해 테니스를 위한 운동을 진행했다. 덤벨로 고강도 리스트 컬(WRIST CURL)을 진행했고 고중량 악력기를 근처에 두고 항상 사용했다. 허나 이것은 시작에 불과했다. 격리 해제 시점부턴 쉴 새 없이 손목을 혹사했다. 물 만난 고기처럼 주 3~4회 테니스 단식경기를 진행했고, 휴가 기간 고중량 캐리어를 쉴 새 없이 끌고 돌아다녔다. 멍청하게 이 방법이 손목 강화에, 나아가 테니스에 도움이 될 것이라 믿었다. 그렇게 손목이 망가졌다.

TFCC는 약지 아래쪽 손목 부근에 위치한다. 궁금했다. 왜 이 부분의 손상이 발생했을까? 전문가들은 특정 동작이 무리를 준다고 말한다. Extension, Ulnar Devation 두 동작이다. 그리고 테니스를 칠 때 두 동작은 필연적으로 동시에 형성된다. 테니스와 거리두기를 진행해야 하나? 테니스를 사랑한 만큼 불안감이 엄습했다.

발병 직후 당장 병원으로 달려갔다. 첫 행선지는 정형외과였다. 증상을 설명하고 문제 확인을 위해 MRI 촬영을 진행했다. 다만 MRI로는 문제부위의 연골, 인대 확인이 어려웠다. 의사는 문제는 인지했으나 해결책을 선사하진 못했다. '주기적으로 물리치료를 받으로 오라' 그뿐이었다. 다음 행선지는 재활의학과였다. 초음파를 통해 MRI보다 정밀한 진단이 가능했다. 진단결과를 토대로 각종 치료 또한 병행했다. 인대 강화 주사로 인대 재생속도를 증가시켰고 충격파 치료와 각종 물리치료(전기,열 등)를 병행했다. 무엇보다 좋았던 점은 '모니터링'이 가능했단 점이다. 장비는 내 손목의 상태를 20단계로 나눠 모니터링 해 줬다. 마지막은 한의원이다. 3주 차에 빠른 회복을 위해 한의원을 병행했다. 전기침을 맞고 간단한 물리치료를 받았다. 발병 후 시간이 꽤 지난 터라 그런지 극적인 변화는 없었다.

병원과 별개로 셀프 재활 치료도 병행했다. 보호내 착용을 생활화했다. 이동 시에는 손목 전체를 고정해주는 보호대를 사용했다. 업무 중에는 컴퓨터 사용을 위해 작은 보호대를 사용했다. 추후 운동을 위한 바우어파인드 보호대도 구입해 두었다. 각종 재활운동 기구를 구매하여 재활을 시작했다. 손목 가동

범위를 최소화할 수 있는 도구에 집중했다. 자이로볼과 악력기가 적합한 도구였다.

1달이 흘렀지만, 손목의 이질감은 일부 존재했다. 다만 운동을 놓을 수 없었기에 테니스를 해보기로 했다. 보호대와 손목 테이핑 등 보호 장비를 착용하고 라켓 강성과 스트링 텐션을 낮춰 손목의 부담을 줄였다. 효과는 좋았다. 부상 전 나의 플레이와 견줄 만했다.

당신은 건강을 지키기 위해 운동하는가? 건강을 해치기 위해 운동하는가? 최근 골프, 테니스의 인구 증가로 인해 손목, 팔꿈치 부상 환자가 급증하고 있다. 그들 중 하나가 되지 않기 위해선 미리 준비해야 한다. 건강을 지키기 위해 하는 운동이 건강을 해치는 상황을 만들지 말자.

멘탈, 자신과의 싸움에서 이겼는가?

모든 스포츠, 스포츠를 넘어 일상생활 속에서 멘탈은 중요한 요소다. 하지만 테니스에서 멘탈은 그 중요도가 조금 더 올라간다. 실제로 경기를 보면 실력은 비등하나 멘탈이 흔들려 무너지는 상황이 빈번히 발생한다.

그렇다면 "왜 테니스는 다른 스포츠보다 멘탈이 기여하는 영향도가 클까?"

이유를 3가지 정도로 추려보았다. 첫째 1 대 1경기다. 상대의 실수가 아닌 이상 모든 실수는 나의 실수다. 이런 상황은 심리적인 위축을 쉽게 이끌어낸다. 둘째 시간 제약이 없다. 테니스는 제한 시간이 없으므로 시간으로부터 자유롭다. 즉, 마지막 한 포인트까지 언제든 역전의 기회는 남아있다. 한순간 멘탈이 흔들려 역전당하는 경기가 꽤 자주 나온다. 셋째 변수가 많다. 테니스공은 다른 공에 비해 작고 가볍다. 이에 따라 다양한 구질과 코스가 만들어진다. 여기에 햇빛, 바람, 코트 재질, 라켓/스트링 특성 등 테니스에는 많은 변수가 존재한다. 변수를 통제하지 못할 때 멘탈은 손쉽게 흔들린다.

그렇다면 어떻게 멘탈을 가꿀 것인가? 이 또한 3가지로 정리해 보았다. 첫째 심호흡이다. 조코비치는 서브를 넣기 전 크게 심호흡한다. 압박감을 이겨내기 위해선 몸을 이완시켜야 한다. 그리고 경기 중 이를 실천하는 방법이 바로 호흡이다. 압박감이 심한 서브나 리턴 상황에서 호흡을 활용하자. 둘째 루틴이다. 나달의 경기장 루틴은 20가지가 넘는다. 그가 루틴을 진행하는 이유는 무엇일까? 루틴은 변수를 차단하고 상황 집중도를 높인다. 상황을 통제할 수 있을 때 심리적 안정감은 뒤따라 온다. 셋째 공에 집중이다. 앞서 말했듯 테니스엔 많은 변수가 존재한다. 경기장 밖에선 변수를 인지하는 데 집중해야 한다. 하지만 경기장 안에선 다르다. 자각할 수 없는 변수를 제거해나가야 한다. 그리고 가장 중요한 변수에 집중해야 한다. 즉, 공에 집중해야 한다.

조코비치의 기술력은 세계 최고 수준이다. 하지만 과연 기술력만으로 그가

테니스와 춤을

GOAT라 불리고 있을까? 아니라고 본다. 그 정도의 기술력을 가진 선수들은 현재 꽤 존재한다. 그와 다른 선수들을 구분 짓는 큰 차이는 바로 멘탈이라 본다. 그는 1세트를 내주더라도, 타이브레이크 상황에서도, 적대국에서의 경기 속에서도, 비주류 국가 출신임에도 흔들리지 않는다. 조코비치의 멘탈은 가히 최정상급이다. 실제로 그는 매일 명상과 요가를 하며 심신을 단련하고, 경기 속에서도 호흡을 통해 내면을 관리한다.

문제를 해결하기 위해선 원인이 어느 곳에 있는지를 잘 자각해야 한다. 생각보다 상대와의 대결이 아닌 자신과의 대결에서 무너지며 경기에 패배하는 경우가 많다. 경기가 잘 풀리지 않을 때 심호흡을 가다듬으며 자신에게 한마디를 던지길 바란다. '과연 나의 멘탈은 온전한가?'

테니스는 그저 운동에 불과할까?

◇◇◇◇◇◇◇◇◇◇◇◇◇◇◇◇◇◇◇◇◇◇◇◇◇◇◇◇

테니스를 만났다. 그리고 삶은 온전히 변했다.

신체의 변화가 선행되었다. 근육은 부위별로 늘어나고 줄어들었다. 전완과 하체는 단단해졌고, 가슴은 물렁물렁해졌다. 변화된 근육들은 원활한 스윙을 위해 자연스레 연결되었다. 마치 로봇처럼 움직이던 내 몸이 점차 유연해지기 시작했다. 변화의 과정 속에서 다행히도 스윙은 단단해졌다.

예상했던 건 신체의 변화뿐이었다. 그러나 여기서 그치지 않았다. 사회적 변화도 함께 찾아왔다. 매번 다른 사람들과 공을 쳐 왔다. 최대한 많은 스타일을, 공을 만나보기 위해서다. 자연스레 많은 사람과 조우했다. 그들과 다양한 방식으로 소통했다. 그러던 중 타인을 이해하는 눈이 차츰 깊어졌다. 어느덧 카톡 친구의 절반이 테니스 지인이 되어 있었다.

심리적 변화도 찾아왔다. 테니스는 마치 전완근처럼 나의 멘탈을 단단하게 만들기 시작했다. 공 하나에 벌벌 떨던, 더블 폴트가 두려워 스윙 속도를 줄이던, 승부에 집착한 나머지 중요한 포인트를 잃어버리던, 요동치는 감정을 숨기지 못하던 나는 점차 사라졌다. 공을 끝까지 초연하게 바라보고, 상황과 무관하게 일관된 스윙을 유지하며, 상대의 아름다운 위닝샷에 행복해하며, 매 순간 평정을 유지하는 나만이 남았다.

변화는 발전하는 중이다. 단단한 신체는 체력으로 치환되어 삶을 지탱했고, 단단한 멘탈은 직장과 가정 속에서도 빛을 발휘했다. 영상 피드백은 메타인지력 향상으로 이어졌으며, 사람들과의 조우는 협업 능력 향상으로 이어졌다. 4년간의 테니스는 4년간의 꾸준한 글쓰기를 도왔으며 글과 글은 모이고 모여 한 편의 책까지 다다랐다.

누구에게나 삶을 변화시키는 변수는 존재한다. 테니스란 변수는 내 삶을 변화시켰다. 나와 이 변수의 연결이 얼마나 지속될진 모르겠다. 다만 지금, 변수가 선사하는 변화가 너무나 매력적이기에 나는 이 연결을 지속해 볼 생각이다.

나는 똥이자 된장입니다.

◇◇◇◇◇◇◇◇◇◇◇◇◇◇◇◇◇◇◇◇◇◇◇◇◇

카페에서는 여러 사람을 만나 다양한 이야기를 나누게 된다. 가족과, 친구와 연인, 지인들과 함께 일상적인 대화에서부터 고민을 나누는 깊은 이야기까지. 그러다보면 때로는 즐겁고, 때로는 공허하고, 때로는 생각지 못하게 고민을 해결하듯 다루게 되기도 한다.

퇴근 후 약속을 잡아 음료를 시켜놓고 카페에서 나누는 대화. 퇴근 후 일에 찌든 모습을 정돈하고 가방을 들고 사무실을 나선다. 약속장소에 도착해 일단 자리를 먼저 찾아 카페 의자에 앉는다. 자리를 잡는 것은 카페에서 가장 시급하고도 중요한 일이라고 할 수 있다. 이야기를 나누기 위한 의자와 테이블. 퇴근 후 시간을 들여 만나고 싶은 사람과 이야기를 나눌 장소니까... 서울은 사람이 많아서 때로는 자리가 없어 카페를 전전하기도 한다. 자리를 찾을 때까지... 함께 할 자리를 찾을 때까지. 그래. 서로를 만날 시간을 내었으니 자리를 찾을 때까지. 자리를 찾아 가방을 놓은 뒤 주문을 하러 계산대로 가면 그제야 보이게 된다. 신경 쓴 조명, 커피 냄새, 바쁜 아르바이트생, 계산대 옆 디저트들. 그 순간을 떠올리면 함께 주문을 하던 여러 사람들이 생각난다. 특히 요새는 한 사람.

"무슨 일이 있었니?"

오늘은 그 사람이 아닌 다른 사람을 카페에서 만났다. 나의 선배이자 언니인 선생님. 넓은 카페. 나무 인테리어. 은은한 조명. 오늘은 생각보다 카페에 사람이 많지 않아 편한 느낌. 마주한 누군가와 이야기를 나누기가 좋다. 이런 순간에는 내가 일을 하고 있는 심리상담실에 스스로 고객으로 찾아가 앉은 것 같다. 그것도 마침 상대도 같은 전공을 배운 가까운 사람. 이런 때면 버릇이 튀어나온다.

"똥인지 된장인지 모르겠어요."

앞뒤 없이 마음의 본론부터 이야기 하는 일들. 그냥 친구나 아는 사람을 만났다면 영 이상한 사람, 대화하기 어려운 사람 취급을 받을 수도 있다. 하지만 개인적으로는 익숙해져버린 대화 패턴. 심리상담을 배웠던 가까운 사람들과는 어쩐지 이런 방식으로도 대화가 굴러간다. 대뜸 시작하는 본론과 대화들. 아주 이기적이게 타인에게 나를 맡겨도 그 어딘가로 데려가 주는 대화들.

신세한탄

✕✕✕✕✕✕✕

뻔하고 뻔한 이유로 나는 여기저기 신세한탄을 하고 있었다. 세상천지 어디에나 널려있는 그 이유로. 10여년 전부터 나를 어떤 방식으로 망쳐 놓는지 알아서 반복하지 않겠다 다짐했던 종류의 관계였다. 좋지 않은 패턴을 반복하는 모습을 누군가에게 드러내는 것은 일반적으로 좋은 일은 아닐 것이다. 하지만 여기서 벗어나려면 자꾸자꾸 이야기 해야 한다. 나를 위해줄 것이라 믿는 사람들에게... 그게 내가 배워온 방법이고 누군가에게 권해온 방법들이다.

"사랑 때문에요. 흔해빠진 이유라 더 할 말이 없습니다."

"아이고."

심리상담을 찾아오던 클라이언트, 내담자들에게 종종 듣던 말이다. 그래서 알고 있다. 사실은 사랑 때문이 아닐 수도 있다는 걸, 나도 심리상담을 받고 내담자 경험을 한 경우는 많았다. 그래서 스스로도 아픈 이야기를 꺼내놓는 것은 어렵지 않았다. 스스로도 남의 그런 모습도 내겐 참 익숙한 일이니까. 하지만 이게 정말 건강한 대화인가? 아닌가? 그런 생각을 많이 하게 된다.

"속이 말이 아니겠네. 어떤 놈이야? 데려와 봐 드잡이 해주게."

눈물이 울컥 올라왔다. 구체적인 이야기를 듣지 않고도 위로를 받았다. 무슨 일을 내가 어찌했던 편들어주는 말들. 힘들어하는 나의 모습에 덮어놓고 이런 이야기를 누군가 해주는 건 보통 가족이니까. 따뜻한 상대를 만나 마주앉은 순간 그게 필요했는지도 모른다. 그리고 알고 있다. 그 사람에게 내가 해주던 말들도 이와 다르지 않았기에 우리가 가까워졌었다는걸.

우리는 이따금 다른 사람들과 다른 상황의 어귀에서 특정한 누군가를 본다. 겹치는 무언가가 있다면 머릿속에서 끊임없이 연결을 시킨다. 그게 해야 할 일인 것 마냥, 지상 최대의 과제인 마냥 물길을 끌어올린다. 그리고 보통 그런 일은 마음이 많이 머물렀던, 감정이 많이 머물렀던 자리일수록 힘이 강하다. 나와 그 사람이 친밀해졌던 계기는 지금 카페에서의 이 상황과 닮았다. 역으로 내가

다음을 살아내고자 추억거린 말들

선배 언니의 자리에 앉아 있던 순간.

그 사람이 힘들어하던 시기가 있었는데, 그게 너무 티가 나 걱정이 되었다. 그리고 얼마간의 시간이 지나 그 사람은 자신이 왜 힘들었는지 비밀로 해왔던 이유들을 들려주었다. 구체적인 그의 비밀이었던 이야기를 늘어놓을 수는 없으나, 자신의 힘든 부분을 말해내는 그 사람의 눈을 본 순간 느꼈다. '아. 이 사람 내 뜰의 사람이다.' 불안감에 덜덜 떨며 말하는 그 눈. 겁에 질린 모양새. 그날 바라본 그 사람의 눈은 선명한 불안과 두려움이었다. 동시에 일종의 해소감이 함께 어려 있는. '내가 같은 편이 되어주겠다'는 말이 내게서 쉬이 나왔다.

고민 없이 시켰던 따뜻한 홍차를 홀짝이고 테이블에 내려놓았다. 카페에서 나오는 빳빳한 티슈로 눈물을 찍어냈다. 밝고 편안한 음악소리. 음료를 들고 자신의 자리로 가던 사람이 나를 힐끗 본다.

'엄한 상황으로 생각하진 않겠지? 지금 마주한 사람이 울렸다고 생각하는 거 아니려나.'

사실 나도, 오늘만난 사람도 별로 그런 시선을 신경 쓰지 않는다. 그냥 우는 사람이 눈에 띄어서 본 것일 뿐일 테고, 울음은 사실 별다를 게 없이 삶에 어디에나 있는 자연스러운 감정이니까... 울지 않아 마음에 병이 나는 이들을 지속적으로 만나는 우리는, 오히려 이런 모양새가 자연스러운 감각에 익숙해져 버렸다. 자기에 취해 계속 비련에 빠져있는 것만 아니라면 우는 건 사실 별일이 아니다. 인생사 그지깡깽이 같은 날도 있는데 울 수도 있지.

"그 사람이 널 좋아하긴 한 거 같아?"

"제가 그 정도로 바보는 아닌데요... 그런데 그 사람한테 물어보면 아마 말로는 안 좋아했다 할 거예요. 옆에서 딱 보기에 그 사람이 엄청 좋아했던 전 여친 얘기 할 때도, 자기는 좋아한 적 없다고 자존심 챙기던 사람이거든"

테이블에 놓인 잔이 두 개. 이런 작은 것 하나로도 마주 앉은 사람이 아니라 그 사람이 생각난다. 나를 계속해서 나의 안으로 갇히게 하는 계기들은 지나치게 일상적이다. 그와의 관계가 남긴 것 중 가장 괴로운 부분이 이런 순간들이다. 그 무엇도 아니던 것들에 감정과 기억이 묻어버렸다. 그 사람은 어쩐지 일상적인 장면에서 내가 생각하기엔 의아한 작은 행동들을 많이 했다. 자신의 음료 잔을 자기 앞이 아닌 내 바로 앞에 놓고는 아무 말 없이 가만히 있는다던지. 나와 카톡을 할 때 오는 알 수 없는 반응들. 술잔을 들면 강박적으로 잔을 부딪치던 모습. 대뜸 하는 자기 이야기들. 때로는 빙빙 돌려 가렸던 본론들. 내겐 그것이 누군가에게 자주 보지 못한 모양새였다. 그냥 생경했다. '생경함'은 특히 그 기억을 잘 지우지 못하게 한다. 상대가 무슨 의도와 이유였건 상관없이, 어딘가에서 자주 보지 못한 모양새들은 그냥 내 기억에 남는 법이다. 별거 아니라면 별거 아닐 수 있는 의아한 포인트들이 종종 있는 사람. 그리고 알게 모르게 뒤늦게 자각했다. 그런게 자꾸 쌓여, 어쩌다보니 눈치 못 채는 새에 마음에 자리 잡았구나. 나는 마주 앉은 사람에게 두서없이 이런 이야기들을 늘어놓았다. 어찌되었던 일들인지, 내 마음에 무슨 일이 일어나고 있는지. 나보다는 오래 살아온 선생님이자 언니에게... 그 언니는 한껏 이야기를 들은 뒤 대뜸 이렇게 말했다. "자신 없어서 숨었네. 찌질한 새끼."

어쩌다보니

해가 지고 사람들이 자리를 다 비워갈 때 쯤, 아르바이트생이 다가와 마감 10분 전을 알렸다. 그동안 상대 언니는 나의 감정도 이야기도 다 들어주었다. 그리고 함께 이야기를 나눠주었다. 미안한 마음 반, 고마운 마음 반, 언니와 함께 일어나 테이블 위에 있던 잔 두 개를 들어 정리대로 가져갔다. 쌓여 있는 컵들. 지금이 아니라면 '마감 아르바이트생 고생하겠네' 같은 생각을 하며 밝게 헤어짐의 인사를 나눌 것이다. 하지만 익숙하지 않은 감정이 일어났다.

상담실에선 시간을 약속하고 만나, 예약한 시간이 끝나게 되면 미처 다 나누지 못한 마음과 이야기가 있더라도 정리한다. 시간이 되어 그날의 자리와 만남을 정리하는 것은 심리상담의 기본 구조로 배우는 것이다. 때로는 그 자체가 삶이기도 하다. 50분이라는 만남과 삶을 어떻게 다루는지 살펴보는 것은 언제나 내가 하고 있는 일이었다. 비싼 돈을 주고 배운 나의 전공은 그런 종류의 이야기를 담고 있다. 아무것도 아니어 보이는 지점에서 깊이 들어가는 것. 그리고 그 부분을 중요히 다룬다. 갈 시간이 되어 자리에서 일어나는 작은 순간 나는 다시금 만남과 헤어짐을 느꼈을 것이다.

나와, 그 사람과, 내 이야기를 들어준 언니의 입장과 위치가 섞여 있는 그 어떤 만남의 정리 시간. 그리고 내가 그 작은 순간 느끼는 감정의 깊이에는 내가 사랑한 모두와의 장면이 쌓여 있을 것이다. 10분 안에 자기 자신이 끌어올려진다. 스스로 잘하는 짓거리이기도 하고, 큰 돈 주고 배운 버릇들이 나를 계속해서 스스로의 마음 안으로 집어넣는다. 그리고 대뜸 자각하고 바라봐버린 자기 자신을 외면하고 덮어두는 것은 쉽지 않다. 쉽지 않다.

"별... 청승도 이런 청승이 없네요. 언니. 현실을 살아야 하는데."

"아유 어떡해. 괜찮아. 시간이 필요할거야. 스스로의 감정들을 정리하여 내려놓아야지."

오늘 만난 언니의 마지막 말이었다. 한참 그럴 때는 편히 얘기해야 한다며, 자신도 그랬다며 미안해 말고 연락을 하라 했다. 어떻게 보면 스스로 하고 있는 생각과 같았다. 내가 나에게 하고 있던 말들. "덮어두고 묻어두어라"는 말이 나오지 않았다는 것에 안심하게 된다. 상대방에게서 내가 생각하던 말이 나온다면 안심하게 된다. 내가 지금 가고 있는 방향이 지나치게 잘못된 건 아닌가보다 하는 생각에.

그래도, 진정으로 어려운 말이다. 누가 어디서 저런 말을 발견한 걸까? 감정을 정리하여 내려놓기, 하려고 할수록 안 되는 일들....... 특히, 사람에 있어서는 정말 감정정리가 쉽지 않다. 내가 나를 버리는 것은 언제나 어려운 일이었다. 딱 보아도 날 휩쓸 수 있는 일들은 하지 않겠노라 규칙들을 세우는 것이 고작이었고, 파도처럼 밀려가는 감정에 위태로운 내 삶을 얹지 않으려 했다. 자유롭게, 황홀하게, 행복하게 휩쓸려줄 여유가 없다고 느껴진 부분이 컸다.

선배 언니와 인사한 뒤 버스를 기다렸다. 겨울의 추운 날씨. 이미 어두워진 거리. 그래도 서울은 여전히 차와 사람이 많았다. 울었던 탓에 눈가와 코가 시큰거렸다. 거친 카페 티슈로 닦아내서 따끔거리기도 했다. 마스크를 쓰고 다니는 일상이 다행이라 여겨졌다. 그렇게 버스를 기다리며 또 생각에 잠긴다. 초여름으로 넘어가던 때. 같이 버스정류장에 서있던 날. 안을 듯이 팔을 벌리다가도 망설이던 그 사람. 명확히 표현하지는 않고 애매하게 빙빙 돌리기만 하던 그 순간. 설렘과 동시에, 마음에는 경고음이 울렸었다. 그런 상황에 대한 정보가 많았다. 내가 겪어온 관계에도 있었고, 사례로도 겪고 주변의 이야기로도 많이 들어온 경우. 그 많은 이야기를 다 정리할 수는 없지만 상대방과 나의 상황, 그리고 그 순간 서로의 태도를 보았을 때 소위 말하는 '내가 먼저 손을 잡아도, 내가 용기를 줘도, 내가 고생할 경우'라는 직감이 들었다. 내가 지금껏 겪어오던 내가 아픈 관계들. 엑셀과 브레이크가 동시에 밟히는 이야기를 남겼다.

아파 볼 자유

"네 이름이 너무 여자 같을까봐 이렇게 지었어."

중학교 2학년 때 쯤, 학교 한문 수업에 자기 이름이 지어진 이유와 그 뜻을 알아오는 시간이 있었다. 내 이름의 뜻은 알고 있었지만 그렇게 지어진 과정을 들은 것은 뜻밖이었다. 할아버지가 절에 가 이름을 두 개 받아오시고, 그 중 엄마는 '덜 여자아이 같은 이름'을 골랐다.

"그리고 어디서도 잊히지 않게 특이한 게 좋잖니"

내 이름이 지어진 이유를 알았을 때, 조금 당황스러우면서도 이해가 되었다. 나는 사실 잔병치레를 자주 앓는 체질이었고, 수줍음을 매우 많이 타는 아이였다. 친척 어른들 품에도 안기지 않으려던, 할머니 다리춤을 벗어나지 않던 아이. 분홍색을 좋아했다. 여자아이라서 분홍색을 사줘서가 아니라 그냥 분홍색을 좋아했다. 한복 치마 같은 긴 치마를 좋아했고 머리카락을 길게 기르는 것을 좋아했다. 조용히 책을 보고 그림을 그리던, 소심한 여자아이. 사실은 소위 말하는 여자아이 같은 이름이 내게는 어울리는 옷이었을 지도 모르겠다. 그런데 얼떨결에 탑재된 나의 정신은 그게 아니었다. 내가 늘 듣던 이야기들은 굉장히 자유롭고 용기 있고 주체적이었다.

"하고 싶은 일은 얼마든지 시도 해봐도 돼."

"뭘 해도 잘 할 거야."

"멋있다. 넌 대담하고 용기 있어."

부모님도 선생님도 친구들도 가족들도, 나를 허락했다. 나 스스로의 많은 시도들을 거진 다 허락했다. 어찌 보면 보호 없이.

"너를 믿기 때문이야"

믿음. 내가 자라온 뜰은 정말 큰 일만 일어나지 않으면 된다는 뜻이었다. 내가 정말 위험한 것만 아니라면. 약간 어려웠던 것은 그것이 위험한 것인지 아닌지를 내가 직접 경험해보고 판단해야 한다는 점이었지만, 나는 그 믿음이 좋았다. 그래서 나의 선택에 있어서는 한껏 양껏 자유로웠다. 주어진 상황이나 조건은 바꿀 수 없어도 그 안에서 내가 어떻게 할지는 늘 나의 선택이었으니까. 여자라고 외박은 안 된다는 것도 없었고, 통금시간은 더욱이 없었다. 전공 선택, 진로, 그 모든 선택지는 내가 들고 있었다. 반대로, 틀과 가이드는 상대적으로 없었다. 지금 와서 생각하건데, 나는 삶에서 '아파 볼 자유'를 받았던 것 같다.

아파 볼 자유. 그것을 30년 정도 겪어보면서 알았다. 나는 친구들과 다 같이 같은 여행일정을 다녀도 혼자만 면역력이 떨어져 질병을 앓는 체력을 가지고서, 사람과의 관계에서 쉽게 상처받고 울며 소심해지는 기질을 타고나고서도 그런 틀에서 길러졌다는 것을. 한번 아프면 꾸역꾸역 회복 해내는데 꽤 걸림에도, 겁내면서도 움직이는 게 익숙한 삶을 살아왔다는 게 새삼스레 느껴졌다. 그리고 모두가 그렇지는 않겠지. 그 사람이 말한 안전 제일주의로 살아온 삶은 그렇지는 않았겠지,

나의 그릇은 사람 하나짜리

그래서 그 사람과 나 서로에겐 그게 최선이었을 것이다. 보통 삶은 그러니까. 관계에서 일어나는 일들은 어쩌면 그냥 나와 상대방이 가진 각자의 한계가 만들어내는 일일 것이다.

선배 언니와 카페에서 대화를 나누고 일주일 정도가 지난 시점이었다. 한참 마음속에서 쏟아져 나오는 것들을 해소하려 끊임없이 청계천변, 성북천변 산책로를 걷던 때였다. 차가운 공기에 해가 진 산책로에는 달리기를 하는 사람들, 가족과 나온 사람들, 강아지를 산책시키는 견주들이 지나갔다. 또 한 번 선배 언니에게 전화를 걸었다. 이런저런 생각들이 떠다녀 말을 하고 싶었다. 내가 그간 다른 이의 이야기들을 듣고 함께 해줬던 것은 이런 때에 빛을 발한다. 그 때의 값

을 치러 주겠노라 기꺼이 내 전화를 받아주는 사람들. 선배 언니에게 또 다시 흘러나오는 이야기들을 했다.

[깔아놓은 멍석위에 올라가 주려니까, 그놈이 감당 못해서 걸어간 거지 뭐.]
"내가 좀 더 단단하고 용기가 있었다면 달랐을까요? 내가 나를 좀 내려놓을 각오를 했다면."
[너를 왜 버려~ 이전에 그런 관계도 해봤었잖아. 어땠어?]
"결국 괴로워지긴 했죠..."
[내가 듣기엔 오히려 같은 패턴 반복 덜하려고 애쓴거 같은데.]
"귀히 여기던 사람과 그리 되어서 그런 생각이 드나봐요. 누군가의 곁에 함께 하려면 자기 자신이 어느 정도는 깎여나가야 하니까."
[너는 말은 다 안 그럴 것처럼 하면서도, 보통 그걸 많이 깎는 스타일이야. 어차피 그 이상 못했어. 너도 너라는 사람 하나만큼은 살아야 하니까.]

누군가를 사랑하고 사랑받고 싶지 않나요?

언니와의 통화 결론은 또 한 번 같았다. 내게 일어난 일이 무엇이건, 내가 해나가야 할 일은 본질적으로 그다지 새롭진 않다. 해오던 일이다. 쉬고, 충분히 아파하고, 감정들을 내 안에서 꺼내고, 살아가기 위해 만들어 놓은 지혜들과 상투적인 말들을 그러모아 되뇌고, 이따금씩 또 한 번 파도에 휩쓸려버리는 순간에 찾아오는 식음 전폐 기간을 버텨내기. 먹어진다면 먹고. 구려지는 내 자신을 돌보다가, 파괴적이지 않게 문득 어딘가로 건강히 화낼 수 있는 때가 온다면 기꺼이 그렇게 하는 것. 내 곁의 사람들의 온기에 기대는 것. 시간이 알아서 할 것이라며 놓아버리는 것. 아직은 세어려 볼 수 있는 일이 고작 그 정도이다. 그렇게 내 삶을 또 살아내는 방법을 기억하며 스스로를 다독이려 애쓴다. 날 아끼는 사람들에게 받았던 것처럼, 내가 아끼는 누군가에게 주었던 것처럼.

천변을 한참 걸어 집에 도착했다. 2시간을 넘게 걸었던 발, 차가워진 코 끝과 볼, 가방을 드느라 무거웠던 어깨. 그냥 바로 바닥에 눕고 싶어졌다. '구두를 신고 잠이 들었다'는 시가 생각나는 순간이다. 가장 좋아하는 시집. 그 시의 제목은 때때로 나에게 다른 감상을 준다. 고단하기도 하고 따뜻하기도 한 느낌들. 특히 현관에 들어서는 순간 그 시가 머릿속에 떠오르는 때면, 나는 최대한 신발을 빠르게 벗어던졌다.

오래도록 걷는 걸 가능하게 해준 신발을 벗는다. 그리고 얼른 두꺼운 옷을 벗어던져 욕실로 향한다. 급히 따뜻한 물을 튼다. 샤워기의 물소리는 빠르고 시원하다. 돈을 들여 바꾸기를 잘 했다는 생각이 든다. 혹시나 녹슨 물이 나올까 싶어 끼워놓은 샤워기 정수 필터가 깨끗해서 마음이 편해진다.

'신발을 신은 채로 잠들면, 나를 바라보며 속상해 할 사람들이 있지.'

밤새 아파 잠 못 들게 하던 때도, 술에 취해 현관에 뻗었을 때도, 병이 나 움직이지 못할 때도, 응급실에 갔을 때도, 신발을 벗겨 나를 안아 올리고 자리에 눕혀준 가족처럼 나는 나를 다룬다. 내가 받은 사랑의 모양새는 그런 것이었다. 아픈 순간에 곁을 지키는 것. 때로는 한소리를 하면서도 기어이 감싸주는 것. 그리고 또 도망치지 않게 하는 것. 사람은 자기가 받은 형태의 사랑을 행한다. 내가 나를 사랑하는 방식도, 다른 사람을 사랑하는 방식도 궁극적으로는 크게 다르지 않을 것이다. 안전하게 지켜주는 사랑이 아니라 다치고 아플 때 안아 올려주는 사랑. 덕분에 나는 많은 기회를 가졌고 빛나는 풍경들로 나를 채웠지만 동시에 지치기도 했다.

'그냥 분홍색과 치마를 좋아하는 머리 긴 소녀로 컸으면 좀 편했으려나?'

'나는 많이 여립니다. 내 손에 관계의 책임을 지우거나 나를 선봉에 세우지 마세요.'

'가능하면 네가 다 해주세요. 조금 더 받고 조금 덜 주고 싶거든요.'

머리를 감으며 생각한다. 누군가를 사랑하고, 사랑받고 싶다. 하지만 그 정답이 없는 길이 참 어렵다. 그래서 그냥 나의 솔직한 마음에 나를 맡기기로 한다. 나는 이제 마음껏 찌질하고 못나고 싶다. 지금까지 다른 사람들에게 들어온 멋있다느니 하는 말이 나를 위한 것이 아니라는 생각이 든다. 나를 위한 위로의 밥상이 아닌 말이라는 느낌. 용기 있는 사람이라는 말도 속이 상한다. 내가 용기 있어서 이제껏 내가 이렇게 힘들었나보다 하는 생각이 들어서. 겁쟁이로 살고 싶다. 겁쟁이에, 받는 것만 좋아하는 사람. 소심하고 여린 사람. 마음 약한 사람. 제 불리한 상황은 다 도망가는 사람. 툭하면 그냥 마냥 우는 사람. 기껏해야 그 정도인 사람으로 나는 살아가고 싶다.

발버둥친 종류

　한동안 밥이 잘 먹히지 않았다. 이상하게 그랬다. 할머니가 돌아가셨을 때의 아픔마냥 뭔가 잘 먹히지 않았다. 관계가 잘 되지 않은 경험이 처음도 아니면서 도대체 왜인지 스스로도 이해가 가지 않을 정도로... 나는 아직도 내 안에서 자리 잡은 그 사람의 의미를 모르겠다. 애초에 내가 눈치 채지 못하는 동안 스며들어 나를 잠기게 한 사람이었으니까. 이제사 그 의미가 무엇이었건 무슨 소용이겠냐 싶은 마음이 들면서도 나는 자꾸 그 어귀를 헤맨다. 그걸 알아내기라도 하면 뭐라도 매듭지어질까 하는 희망으로. 나는 또 다른 누군가에게 전화를 건다. 나와 가장 가까운 17년 지기 친구에게.

[스스로도 잘 몰랐지만 나름대로 애정을 두던 자리였으니 그런 거 아닐까?]
"그건 맞아."
[그 사람도 너에게 그랬을 거고]
"그것도 맞겠지. 아마?"
[사실 모르지. 그런데 상대가 회피하고 숨었다며. 아니었던들 이 이상 네 몫으로 할 수 있는 일이 없잖아. 내가 회피하고 숨어봤는데, 그거 답 없어.]

　그 사람과 마지막 연락이 오간 후 2주 정도는 가끔 먹는 초콜릿과 포카리스웨트로 살았다. 그 와중에 스스로도 어이가 없었다. 안 먹히는 와중에 전해질을 챙기겠다고 이온음료로 골라서 마시다니... 그런 이야기를 친구에게 늘어놓았다. 그나마 자기 자신을 살리겠다고 챙길 수 있는 이성이 '포카리스웨트는 마셔야지'였다고. "좀 웃기지 않니?"라는 말에 [너 답다.]는 대답이 돌아왔다. 나를 가장 잘 아는 사람에게 비련의 여주인공 마냥 구는 꼴이 참 스스로 싫은데, 그게 잘 안됐다. 그래도 솔직한 나를 계속 보였다. 진짜 별로인 모양새가 보이면 확실하게 말해 줄 친구였다. 믿는 사람. 우리는 서로에게 그런 존재였다. 나는 계속해서 일상의 정신을 차리고 주6일 일을 해야 했고, 심리상담을 하며 본인의 힘든 이야기들을 나누고 도움을 구하려 나를 만나러 온 사람들을 만나야 했다. 친구와 통화를 하며 오갈 데 없이 마음 안에 고인 감정들은 소위 좌절감, 슬픔, 빡침 같은 이름을 가진 채로 삐죽삐죽 튀어나왔다.

"아이돌도 아니고 몸무게가 49라니 세상에... 다이어트를 해도 그렇게 안되더니"

[에구... 밥은 먹어. 본인만 손해야]

"먹겠냐."

[넌 그래. 예전부터 그랬어. 참 든든하고 믿을 수 있는 사람이야. 나 대신 싸워줄 수 있는 사람이다 싶어. 그래서 동시에 무서워.]

"그러게. 자주 들어온 얘기지."

[뭔가 지키겠다고 마음 먹으면, 상대도 상처 입힐 수 있고 스스로도 상처 입을 수 있는 사람이거든. 근데 진짜 웃기는 게, 스스로가 딱히 타고나길 쎈 사람은 아니라는 거야. 그래서 더 무서워. 소중한 사람 지키려다가 본인이 회복 불능으

로 다치는걸 보게 될까봐.]

"누군가는 그런 마음일 거란 것도 알아."

[알고도 그런다니. 네가 악의가 아니라 선의를 가지고 살아가는 게 다행이라고 생각해.]

그런 아픔이었다. 상대방을 내 감정으로 더 이상 괴롭히고 싶지 않아서 더 아프고 있었다. 친구와의 통화를 마치면서 더 확실히 보였다. 해내야 할 일상, 내 감정으로 괴롭히고 싶지 않은 사람, 스스로를 더 추하게 하고 싶지 않은 마음들. 돈이 걸린 일들과 나의 직업적 책임, 자존심을 위해서 나는 더 아프고 있었다.

친구와의 통화를 마친 다음날, 여전히 나는 출근을 했다. 점심시간. 다른 직원들은 식사를 하러 사무실을 나갔다. 따로 다른 것을 먹겠다는 말을 하고 사무실에 그대로 앉아 있었다. 내 자리에는 따뜻한 온열 방석이 있는데, 그 자리에서 일어나기가 싫었다. 멍하니 숨을 쉬었다. 조용한 사무실. 서버 컴퓨터가 돌아가는 소리. 여러 색채의 잡다한 사무용품이 늘어선 책상. 눈 앞의 커다란 모니터 두 대. '좀 쉬어야지'하고 숨을 쉬었다. 하지만 애석하게도 불쑥불쑥 계속 쉼조차 방해하는 감정들이 올라왔다.

'감정 조절을 하려고 애를 써도 이 모양이네.'

계속해서 감정이 올라오는 나의 상태는 상담을 할 때가 더 문제였다. 나의 감정과 느낌을 전문적 도구로 활용해야 하는데, 내 안의 감정이 전문성을 해치고 있었다. 갑작스레 상담을 그만 둘 수 없는 상황이었던 나는, 아픔에 떠밀려갈 여유가 없었다. 갑작스런 상담사의 사정으로 인한 부재는 '관계'를 다루는 내담자들에게 좋지 않은 영향을 준다. 힘들어도 책임은 다하고 싶었다. 바로 앞의 컴퓨터와 모니터가 눈에 들어왔다. 마침 직원들이 아무도 없는 순간, 스스로를 해결하기 위한 시도를 추가했다.

헤어샵을 검색해 예약했다. 언젠가는 해보리라 마음먹었던 탈색으로. 바로 이어서, 항공권을 뒤졌다. 바다를 보러가는 여행을 잡으려 했다. 되도록 한국말이 들리지 않았으면 하는 바람으로, 근방의 항공권을 검색했지만 갑작스럽게 떠나려니 일정에 맞출 수 있는 표가 없었다. 어쩔 수 없이 서울에서나 멀어지려 KTX 표를 샀다. 연말 연시인 12월 31일, 1월 1일을 채운 일정이었다. 가족에게 서나마 잠시 멀어지고. 연말연시 분위기에 맞춰서 억지로 즐거운 척을 하고 싶지 않았다. 혼자서 편히 울기라도 하게 도망가자. 그렇게라도 쉬고 싶었다. 그리고 그렇게라도 해야 했다. 적당한 게스트하우스도 예약했다. 술에 취한 사람이 마구 시키는 안주처럼 하나하나 사무실에 앉아 결제를 했다. 뭐라도 어떻게 되길 바라는 마음으로.

바다에 도착해서

◇◇◇◇◇◇◇◇◇◇◇◇◇◇◇◇

12월 31일이 되기 전날 가족에게 메시지를 남겼다.

[저는 오늘내일 집에 없을 거예요. 절도 다녀올게요. 엄마가 생일이 겹쳐 섭섭해 할테니 아빠랑 동생이 잘 챙겨주십쇼.]

엄마는 [딸이 자리를 비운다니 야속한 지지배ㅎㅎ]라고 하고 그 말 외에는 다른 말이 없었다. 서운하고 섭섭, 걱정스러운 마음이 있겠노라 생각하며 짐을 꾸렸고, 당일 새벽이 되어 기차를 타 부산에 도착했다.

막상 도착해 한 일은 별게 없었다. 해운대 바다가 보이는 카페를 찾아 한동안 앉아 스케치북에 여러 색으로 그림을 그리고 글을 적었다. 저녁엔 게스트 하우스 주인에게 물어 근처 이자카야를 갔고, 적당한 메뉴를 시켜 하이볼과 먹었다. 다음날인 2023년 1월 1일엔 바닷가에 있는 절인 해동용궁사를 찾았다. 두 번째 방문이었는데, 첫 기억보다 좁게 느껴졌다. 처음이 아닌 일은 언제나 그런 걸까? 그런 생각을 하며 기념품 가게에서 소원 팔찌를 색깔별로 5개나 샀다. 돈도 많지. 그런 때를 보내고 서울로 돌아왔다. 뭔가 달라지면 좋겠다는 마음으로 호기롭게 결제한 것이 무색하게, 나는 그대로였다.

얼른 아픔에서 회복하려 발버둥 치지 않고

1월 1일에 서울에 돌아와 3주 정도 나는 똑같았다. 주 6일을 야근도 하며 일하고, 힘이 들면 말 할 수 있는 이들에게 말하고, 버티려 애쓰고, 괜찮아지려 이것저것 시도하고, 담당하고 있는 내담자 상담을 정신을 차리고 끌고 가려 애썼다. 원래 해보려 계획했던 일들도 해내야 했다. 글쓰기도, 단체프로그램 제작도 하고 싶어서 내가 시작하겠노라 말한 것들이어서 해내고 싶었다. 이유는 여러 가지였다. 돈이 걸려서, 내게 중요한 거니까. 내가 하려 해왔던 일들이니까. 그런 시간을 버티며 내가 이것저것으로 회복하고 채워지길 바랐지만 그 속도가 소진되는 속도를 따라잡지 못했다.

3주가 지난 설날 연휴 아침. 곪아 있던 가족의 일이 터졌다. 아빠와 남동생에서 시작된 일들. 그쯤 되니 버틸 수가 없어 날 좀 가만히 쉬게 내버려 달라며 방침대에 엎어져 울고 있는데, 일을 해야 이겨내 진다며 엄마는 차례상을 차리자고 날 붙들었다. 그 순간 퓨즈가 나갔다. 다독이고 버텨내려던 무언가는 사라졌다. 알 바 없이.

방문을 닫고 소리 내 울었다. 2~3일을 그랬다. 아무것도 먹지 않고 물만 마셨다. 화장실을 가려 바깥으로 나오면 뭘 먹으라는 이야기가 들렸지만 그러지 않았다. 아픈 것과 힘든 것에서 벗어나려 애쓰지 않았다. 울지 않는 표정으로 버티려 애쓰지 않았다. 그냥 솔직하게 방에 짱박혀서 울고 잠이나 잤다. 그래. 내가 뭐라고 힘들어 죽겠는 걸 버텨. 포기도 하고 힘도 빼는 거지. 내가 기껏해야 별거 아닌 사람 하나인데. 용을 써봤자 사람 하나의 몫 밖에 해내지 못하는걸. 그거라도 하면 다행이다. 울어야 할 때는 제대로 다 울어내야 다음이 온다는 것을 알고 있다.

설 연휴가 끝난 주말, 전공이었던 심리상담은 잠시 정리하기로 마음먹었다. 사람을 대하는 일이고, 내 삶과 마음이 안정되어야 내 감정과 느낌을 도구로 사용하여 누군가를 돕는 일을 하는데 그게 안 되는 이유가 크다. 자격증은 남았으니까 한동안 덮어두고 차근차근 다시 들여다보려 한다. 어느 길을 어느 방식으로 가야 할지 알 수 없다. 사실 뭐 중요할까. 쉬어야만 다음이 보일 텐데.

투사적 동일시라면, 나는 당신이 잠을 잘 잤으면 좋겠습니다.

[투사적 동일시인가?]
"...아이고..."

　선배 언니와 다시 나눈 통화에서 들려온 말은 그랬다. 나의 다른 일상적인 어려움들도 있었지만, 주된 것은 여전히 그 사람과의 이야기였다. 투사적 동일시. 대상관계이론에서 다루는 가장 중요하고도 어려운 개념. 자세히 그 전문적 내용을 모두 다루기는 어렵지만 요지를 정리해보자면, 자기가 느끼는 감정을 말로 잘 전달하지 못할 때 상대방에게 이를 알리기 위해 상대방에게 같은 감정을 불러일으키는 행동을 하는 것이다. 그 사람이 지금 내가 느끼는 감정만큼 아프고, 좌절했고, 어딘가에서 벽을 느꼈고, 어떤 역할도 기대도 책임도 자기에게는 무거워 숨고 싶은 마음인가보다 하라는 것이다. 버거워서 도망갔다고. 사적인 관계를 분석적으로 다루는 일은 늘 조심스럽지만 그냥 그렇게 생각하면 마음이 편해졌다. 지금 내가 느끼는 감당 못할 이 감정들이 상대가 느꼈던 감정이라고.

　"나는 내 사적인 관계는 건강하게 성인 대 성인으로 맺고 싶은데... 내담자 대하듯이 생각해야 마음이 편해지다니 속상하네요."

[그치?]

"이것 때문에라도 상담 떠나 있어야겠다. 내가 그런 관계들이 익숙해지나 봐
요."

투사적 동일시라는 개념의 마지막은, 불러일으켜진 감정을 어떻게 다루고 소
화해서 다시금 표현해내는지 보여주는 것이다. 그 감정을 어떻게 여기고 어떻게
다룰지, 그럼 감정을 느끼는 자기 자신을 어떻게 대할지, 표현해야 할 곳에 어떻
게 표현할지, 아니면 다른 건강한 방어기제로 승화하는 것을 보여줄지.

그렇게 생각하면 내가 가져야 할 태도와 할 일은 조금 더 선명해 진다. 일단
나는 이 감정들을 외면하지 않고, 덮어두지 않고, 부정하거나 도망가지 않고, 부
정적인 감정들을 느끼는 자신을 미워하지도 않을 것이다. 느껴서는 안 되는 마
음이라고 생각지도 않을 것이다. 그 반대의 좋아하고 위하는 마음도 그렇다. 그
마음을 굳이 인정하지 않을 이유도 없다. 그냥 친한 관계이던 때부터 가져온 마
음이었으니까.

"그 사람이 잠을 잘 잤으면 좋겠어요. 일단은"

[에이그. 내가 이렇게 힘든데 너는 잠이 쳐 오냐고 지랄을 하진 못할망정]

"그럴 틈을 안주고 지 살겠다고 숨은 위인한테 뭔 소리예요? 그 정도로 사람
튼튼해보였으면 진작했다."

대인배나 천사는 못되기에 마냥 행복하길 바라지는 못하겠다. 하는 일 다 잘 되기를 바라지도 못하겠고, 좋은 인연을 만나 행복하게 사는 꼴은 아직 상상만 해도 속이 뒤집힌다. 그렇다고 마냥 욕하거나 분노를 쏟아내긴 애매하다. 이전에 다른 누군가를 대상으로 해봤던 일이기에. 또 받아봤기에 그게 얼마나 속절없는 일인지도 알고 있다. 나 같은 인간은 그런 방식으로 시원하게 털고 가진 못하나보다. 행복한지 불행한지도 알지 못하게, 어딘가에서 살아가길. 이따금씩 불행이 찾아오는 삶을 살되, 그래도 잠은 잘 자길. 나는 또 나의 삶을 살아가야 하고, 나를 사랑하고 누군가를 사랑하며, 누군가의 사랑을 받으며 살아가야 하니까.

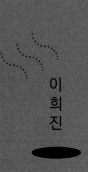

이
희
진

로프

이 학원 꼭대기엔 로프가 있다. 30미터 더하기 15미터 길이의 두툼한 줄이 옥상 담벼락 밑 쇠말뚝에 감겨져 있다.

나는 오늘도 기도처럼 되뇌는 말을 쪽지에 적어 건의함에 넣었다. 세 번째 시도였다. 언제 어느 때고 일이 닥칠 수 있기 때문이다. 밤새 하얗게 곱아든 손이 옥상 문을 따고 나와 담 너머 허공을 붙든다. 아무도 모르게. 이때 로프가 있다면, 아무도 모르진 않는다는 신호로 다가올 수 있다. 너의 두 손이 붙잡아야 할 끈이 아직 남아있다는 외침. 같은 학원가 건물 9층 옥상에서 중학생 한 명이 담을 넘은 사건이 11일 전 뉴스에 보도됐다. 가만히 손 놓고 있을 순 없다. 뭐라도 해봐야 할 게 아닌가. 뛰어내리기 직전 말려주는 로프 한 가닥이라도 있음 혹시 아는가. 생각이 바뀔지. 우리는 날 때부터 로프를 달고 있었다. 엄마 품을 떠나 두 발로 좀 멀리 가보자고 잘라낸 줄일망정 막상 종착지에 서면 간절하다. 그러니 서둘러 종점을 향하려는 친구에게 로프 먼저 던져주자.

나흘 전 입사 면접 때도 같은 제안을 했었다. 순간 마스크 위로 일관되게 떠져 있던 원장의 눈이 낫같이 휘었다. 시강은 준비한 대로 실수 없이 마친 상태였다. 나는 움츠러들지 않고 담담히 마주했다. "시험 삼아 로프를 묶고 뛰었다 건물에 머리를 박으면 어쩌려고." 대꾸가 돌아온 건 그때가 처음이었다. 원장은 마스크를 벗고 4분의 1쯤 남은 제주삼다수를 밑바닥까지 훤히 들이켰다. 물기 때문에 더 선명해진 입 꼬리가 살며시 올라갔다. "이수연 선생님, 내일부터 수업 참관 하세요." 원장의 말에 나는 마스크 밑으로 숨을 한 모금 들이쉬었다. 잠시 후, 수습기간용 근로계약서 양식이 두 장 겹쳐진 채 내 앞에 놓였다. 나는 다짐한 대로 서명란에 사인을 하지 않았다. 특별히 넣어온 인감도장을 휴대용 인주에 묻혀 찍었다. 이튿날 오후 일곱 시, 중등과정 문법 수업을 참관했다. 오늘부터는 비로소 강의다. 독서논술학원 아이거에서의 첫 강. 50분 후면 다시 아이들과 만난다. 나에게는 이것이 로프다.

내가 처음 강사로 일한 곳도 인근 독서논술학원이었다. 그곳에서 맞는 두 번째 11월 8일 화요일이었다. 한국천문연구원의 보고대로 이날 저녁 일곱 시 십칠 분엔 삼 년짜리 개기월식이 있었다. 나는 개기월식 칠 분 전에 시작하는 선배 강사의 수업을 참관하러 3번 교실 안으로 들어갔다 도로 나와야 했다. 교실이 비어 있었다. 참담했던 지난 수업이 떠올라 발길이 떨어지지 않았다. 이번 주엔 잘해야지, 이 생각뿐이었다. 아이들이 집중해서 듣지 않을 수 없을 만큼 재밌게. 그러려면 너부터 집중해야 하지 않을까. 처음이 아닌 되물음이었다. 눈앞에 보이는 것들이 충분히 가까워지기도 전에 획획 스쳐 달아나는 즈음이었다. 공기가 희박한 고산지대에라도 와 있는 듯 머리가 어지럽고, 빙벽에서 미끄러지지 않으려 하켄에 달아놓은 줄은 허리에 찬 고리에서 뒤엉킨 기분이다. 올라갈 수도 내려갈 수도 없이. 수업을 하려면 바로 이 기분을 떨쳐버려야 한다. 나는 홀을 걸어 나와 운동화로 갈아 신고 옥상으로 향했다.

처음 밟아보는 계단이었다. 층계 벽엔 먼지가 굴러다니고 빈 상자들이 들쑥

날쑥, 산만했다. 높다랗게 깎아지른 계단에 발을 올려놓을 적마다 기원을 알 수 없는 오점 같은 얼룩이 도드라졌다. 옥상 문은 비긋이 열려 있었다. 나는 밖으로 나오자마자 목격했다. 굴절된 빛으로 붉어진 블러드문이나 카메라를 보며 웃는 아이들이 아니었다. 영문을 알 수 없는 그림자가 담벼락 위에 솟아 있었다. 나는 들이쉰 숨을 머금고 멈췄다. 은색 패딩에 찍힌 노스페이스 로고와 그 위로 휘날리는 긴 머리칼. 살아있었다. 살아있는 형체가 담 위에 굳은 듯 앉아 있었다. 그 형체와 나 사이엔 예닐곱 발자국 정도의 간극이 있었다. 한달음에 좁힐 수도 있고 억 만 광년이 걸려도 어쩌면 닿지 못할 거리. 움직일 수가 없었다. 찰나이고 동물적인 망설임이 왔다 갔다. 그러다 번뜩, 물러설 곳이 없다는 자각이 왔다. 눈앞의 형체는 금방이라도 기우뚱할 것 같았고, 세상으로부터 완전히 잊힌 옥상엔 나밖에는 목격자가 없었다. 난 소리 내지 않고 다가가 뒤에 섰다. 죽어라 손을 뻗쳐 한 뼘도 안 되는 면적에 책상다리로 앉은 이 미치도록 불가사의한 형체를 붙잡아 인정사정없이 끌어당겨 쓰러졌다. 우리는 한 덩어리가 되어 옥상 바닥에 굴렀다. 함께 구른 것이 있었다. 꽁무니에 노란 빛을 달고 있어 반딧불이인가 했는데 움켜쥐고 보니 도장이었다. 빛은 인면 쪽에서 흘러나왔다. 획들이 환하게 와 읽혔다. 李 水 緣 印? 어라, 한자가…….

　"그거, 주세요." 휘파람이라도 부는 듯한 목소리였다. 나는 엉망으로 헝클어진 채 올려다봤다. 도장 주인은 감쪽같이 앉아 있었다. 어둠에 가려 얼굴을 알아볼 순 없었지만 눈빛이 형형했다. "이름이, 이수연이야?" 나는 한숨처럼 내뱉었다. "네. 거기 새긴 대로. 그러니까…." 나는 더 듣지 않고 물었다. "너, 괜찮니." 마주보던 두 눈이 이내 초승달로 바뀌었다. "선생님이 생각하는 그런 거 아니에요. 다른 걸 연습 중이었어요." 나는 서둘러 말꼬리를 붙잡았다. "그게 뭐든, 하지 마. 그 연습." 수연은 잠자코 일어나 무릎을 털었다. 나는 물러서지 않고 다잡아 말했다. "그 연습 안 하겠다고 할 때까지 내가 맡는다." 그러고 도장을 내 바지 주머니 속에 넣어버렸다.

우리는 조용히 내려왔다. 달라진 건 아무 것도 없었다. 입구로 들어서자마자 고즈넉이 물결치는 단조의 아르페지오가 흘렀다. 드뷔시의 꿈. 메나헴 프레슬러의 피아노 연주였다. 맞은편 통유리 너머로 가로등빛과 밤거리를 주행하는 차들이 보였다. 홀 좌우 서가에 꽂힌 책등은 닳고 끝이 벌어진 채 다시 뽑힐 순간만을 기다리고 있었다. 둥그런 삼면의 바 테이블과 드문드문 놓인 작은 의자는 비었다. 서둘러야 했다. 수연을 앞세우고 휑한 홀을 가로질러 복도 모퉁이로 꺾어 들었다. 반쯤 닫힌 교실 문들 사이로 아이들 웃음소리, 연필 사각임과 자판을 연주하듯 치는 소리, 그리고 매력적인 톤으로 울리는 선생님들 목소리가 쩌렁쩌렁 귓가를 흔들었다. 우리가 나온 문은 반쯤 닫혀 있었다. 수연을 먼저 들여보내고 뒤따라 문을 향했다. 정수리가 당겨지는 미묘한 감각에 잠시 멈칫했지만 돌아보진 않았다. 그런 여유 부릴 틈이 없었다. 나는 아직 배울 것이 가르칠 것보다 훨씬 많은 학생 선생님이었다. 매주 화요일마다 수 금 토, 삼 일간 거듭할 6학년 수업을 참관했다. 10년 경력의 베테랑 선배 강사가 진행하는 수업이었다. 수연이 교실 서북쪽 테이블의 자기 자리로 돌아가 앉는 동안 나는 문 바로 옆 벽에 털썩 기대어 앉았다. 왼편으로 같이 참관하는 선생님이 앉아 있었다. 저학년 담당이던 윤이었다. 나보다 젊지만 경력이나 실력은 물론이고, 특히 공감능력과 친화력에 있어 한참 앞선 선배 강사였다. 나는 수업을 보고 배우며 그녀를 의식하지 않은 순간이 없었다. 그녀에게는 자신이 속한 집단의 사람들과 하나로 녹아드는 묘한 힘이 있었다. 매주 수업을 참관하는 동안 그 힘은 급속히 커져 어느덧 그녀는 강의하는 선생님과 척하면 척, 통하는 움직임을 보였고, 초반엔 서먹했던 아이들과도 같은 타이밍에 웃고 넉살스레 이야기를 주고받는 사이가 되어 있었다. 이날의 활동은 자화상을 그리고 쓰는 것이었다. 아이들이 모둠별로 앉은 테이블마다 투사지에 대고 그릴 작품 인쇄물이 여섯 장씩 놓여 있었다. 나는 슬그머니 무릎을 꿇고 서북쪽을 넘겨다봤다. 고개를 모로 틀고 도도한 눈으로 응시하는 에곤 실레와 목에 가시 돋친 나뭇가지 목걸이를 건 프리다 칼로를 스친 손가락이 막 그림 한 장을 집어 들었다. 눈동자를 파랗게 켠 청년이 양손으로 어제의 얼굴을 찢는 사진.

윤이 일어났다. 바로 앞 서남쪽 테이블로 다가갔다. 공처럼 등을 구부린 소년 옆이었다. 소년은 그림 속 말풍선처럼 생긴 커다란 두개골을 만지작거리고 있었다. 고민하지 말고 일단 그려. 그녀가 속삭였다. 소년은 머뭇머뭇 갖은 기호들로 춤추는 두개골을 도화지 위에 놓고, 반투명한 투사지를 갖다 댄 다음 연필심을 움직이기 시작했다. 윤은 쩔쩔매는 아이들 서너 명을 더 그런 식으로 다독였다. 그러다 동북쪽 테이블의 빈자리로 들어가 같이 도구를 손에 쥐고 도화지를 메워갔다. 나는 그 모습을 멀뚱히 바라만 보았다. 그때쯤 내 손에도 연필이 들려긴 했다. 수업의 진행 과정을 기록하던 노트 빈 곳에 연필로 자화상이랍시고 되는 대로 선을 이어가며 삐쭉빼쭉 신경망의 회로와도 같은 길고 복잡한 줄기를 종이의 반이 가득 차도록 퍼뜨리는 중이었다. 이 줄기 한 가운데에는 전혀 의도하진 않았지만 〈어벤져스: 엔드 게임〉에 나오는 외계 식물 종족 그루트를 닮은 한 얼굴이 보란 듯 완성되어 있었다. 도대체 넌 누구냐. 나는 탄식처럼 속 엣말했다. 그 와중에도 유사 그루트의 촉수는 끊임없이 어딘가에 혹은 그 누군가에 가 닿고 싶은 듯 늘어지고 확장되고 있었다. 이대로 멈출 순 없다는 아쉬움과 열망이 꼬리를 물고 이어지며 좀처럼 끝맺지 못하는 순간이었다. 문득 한 문장이 솟구치며 씌어졌다.

내가 본체와 연결되어 있지 않아.

왜 이런 말을 썼지? 머리 위에서 핏빛이 된 달이 떠올랐다. 태양을 둘러싼 지구와 달의 관계. 개기월식이 한창인 지금, 셋은 완벽한 수평을 유지하고 있었다. 지구도 달도 태양빛을 받아야 산다. 비록 태양빛을 가로막은 지구의 역광으로 달에는 그림자가 드리워졌지만 산란한 빛 가운데 파장이 긴 붉은색만은 달까지 도달했다. 그러니 이 붉음은 피 맺힌 간절함이 아니고 무얼까. 이 핏빛 파장은 마치 한 줄기 로프 같았다. 내게도 이러한 로프가 던져져야 본체에 다시 닿지 않을까 싶었다. 본체는 모르긴 몰라도 이 육신에서 달만큼이나 멀리 떨어져 있는 듯했다. 하지만 실제 달과 지구의 물리적인 거리와 상관없이 15m길이의 로프면 충분하다고 여겨졌다. 15m야말로 간절함이었다. 그 길이 앞에 끝까지 발버둥친 젊은 산악인이 있었다. 하지만 이 이상 떠올리려 하자 현기증이 났다. 고인 물같이 나는 피로하였다. 척추와 뇌를 잇는 신경이 끊어지기라도 한 듯 무감각했다. 본체 또한 이렇게 끊어져 있겠지.

아이들이 하나, 둘 손을 들기 시작했다. 우측 벽면의 시곗바늘이 어느새 아홉

시 삼십팔 분을 지나고 있었다. 아이들은 선생님이 휴대폰으로 자화상을 찍기 무섭게 가방을 둘러메며 총총 달아나기 바빴다. 나는 웃는 목소리로 뒤통수에 대고 잘 들어가, 인사했다. 더러 꾸벅, 화답해오는 아이가 있었다. 수연은 보이지 않았다. 고생하셨습니다. 남은 강사들끼리 인사를 주고받고 뒷정리를 거드는 동안 몇 차례 불길한 상상이 왔다 갔다. 퇴근길에 슬쩍 계단을 올라 옥상 문이 잠겨 있음을 확인했다. 그래도 여전히 걸리는 것이 있었다.

"저, 그 연습 안 하려고요." 버스 정류장 벤치에 몸을 부려놓던 순간이었다. 바로 옆 그늘에서 덥석 수연이 내질렀다. 나는 놀랍고 반가워 할 말을 잃었다. 수연은 나지막이 옥상에서는, 하고 덧붙이곤 이제 달라고 했다. "뭘?" "인감도장이요." 아차, 싶어 주머니에서 도장을 끄집어냈다. 인면의 한자에 인광 같은 빛이 딸려왔다. 아까보다 짙은 아마빛에 가까운 색조였다. 나는 돌려주기 전, 수연에게 되풀이해 다짐을 받아냈다. 수연은 조그맣게 위험한 거 아닌데, 중얼거리며 도장을 패딩 안주머니에 넣었다. 그러다 서슬 퍼런 내 눈빛과 마주치고 약간 답답하다는 듯 받아쳤다. "왜 자꾸 넘겨짚으세요. 전 떨어지려고 올라간 게 아니에요." 그럼 도대체 왜, 내뱉은 난 더 말을 잇지 않았다. 수연은 앉아 있었다. 그냥 앉아있는 것이 아니라 어느새 또 책상다리였다. 버릇인가. 하긴 담 위에서 이럴 정도면. 나는 도로 아찔해져서 너, 괜찮니, 물었다. 수연은 침묵했다. 나는 태연한 척 너도 버스를 기다리냐고 되물었다. "아니, 부양." 나는 짧고 위태하게만 들리는 이 대답에 생각이 많아졌다. 이번에 놓치면 3년을 기다려야 하는 것이 바로 옆에 와버린 듯 넘겨지지가 않았다.

함께 왔다. 아니, 수연의 한 팔을 내가 붙잡고 왔다. 버스 안에서 보니 첫인상보다 십 년은 조숙한 얼굴이어서 열세 살이 맞나 싶었다. 어깨까지 늘어진 생 머리칼이 검고, 자연스레 타진 앞가르마, 나와는 달리 안경은 끼지 않았다. 마스크에 가려 빙산의 일각처럼 드러난 콧날은 전설적인 산악인 토니 커츠가 친구들을 잘라내고 홀로 매달려 있던 아이거 북벽처럼 가파르고, 서늘하게 떨어져 내렸다. 난 아무것도 묻지 않았다. 내가 살고 있는 부모님 집은 전날부터 비어 있었다. 동생은 5년 전 결혼식을 올리고 방을 떠났고, 부모님은 운정雲井 신도시로 이사 온 이모할머니와 여행 중이었다.

도착하자마자 라면을 끓였다. 수연은 젓가락을 들기 직전 마스크를 벗었다. 인상이 또 한 번 확 달라 보였다. 눈만 마주볼 때와는 전혀 딴판으로 순해 보여 미안한 마음이 들 정도였다. 수연의 표정으로 미루어 나만 느끼는 미안함은 아닌 듯했다. 삼 년여의 마스크맨 생활은 생각보다 많은 것을 바꿔 놨다. 우리는 어느 시대 사람들보다 서로의 눈을 자주, 그리고 오래 들여다본다. 얼굴보다 눈만 보는 데 더 익숙해졌다. 마치 퀘이커교도처럼. 영화 〈비포 선 라이즈〉에서 제시가 셀린느에게 퀘이커 교도들이 결혼하는 방식이라며 그녀의 두 눈을 마주보던 장면이 떠올랐다. 그때 셀린느는 시선을 돌렸고, 제시는 쓸쓸히 웃었다. 마스크맨이 된 우리도 매순간 서로의 눈에 초점을 맞춰 바라보고 이야기 나눈다. 때로는 마주한 눈동자 안쪽을 달 탐사라도 하듯 곰곰이 지켜보다 예기치 않은 적의나 불편한 암시를 감지하고 흠칫하는 순간도 있었다. 하지만 모호했다. 상대가 들켜버린 것인지, 아니면 내 쪽에서 투사한 것이었는지는.

"아, 확실히 이 상태론 안 되네." 설거지를 마치고 거실로 오는데 수연이 불쑥 말했다. 수연은 소파 복판에 또다시 책상다리로 앉아 있었다. 나는 뭐가 안 된다는 것인지 눈으로 물었다. "어, 공중부양. 내가 사는 곳에선 그게 됐거든." 너무도 태연한 어조여서 웃지도 못했다. 오히려 수연이 내 표정이 너무 심각해 보인다며 웃었다. 그런데 언제부터 야자 타임이 시작된 거지. 두고 보자니 영 멋쩍었다. 갑자기 왜 반말이냐 따져 묻기도, 그렇다고 어물쩍 넘기기도 곤란했다. 내가 진정으로 나 자신을 선생님으로, 혹은 어른이라고 인정한 적이 있었던가. 왠지 수연에게 들켜버린 기분이어서 그 얘기를 입에 올릴 자신이 없어졌다. 나는 수연을 슬며시 곁눈질한 채 격자무늬 카펫이 깔린 바닥에 무릎을 접고 앉았다. '찬물도 위아래가 있는 법. 명색이 동방예의지국에 살면서 말이야.' 등등서부터 넌 학생이고 난 선생이야, 오래된 드라마 속 대사까지 별별 꼰대 같은 생각은 다 밀려들던 참이었다. 수연이 말아놓은 패딩 주머니에서 휴대폰을 꺼내 손가락으로 몇 번 톡톡, 건드리더니 내게 건넸다. 유튜브 영상이 재생되고 있었다. 검은 화면 한가운데 금빛 별들이 찬란했다. 별들은 위아래로, 옆으로 촘촘히 이어지며 가부좌 튼 사람의 형상을 이루었다. 수연이 끼어들어 설명해주었다. 검은 바지에 별밤 스타일로 리폼한 티셔츠를 뒤집어 입고 후드로 얼굴을 가렸다는 거였다. "그럼 밑엔 뭘 받쳐놓은 거야?" 내가 무심코 물었을 때였다. 쫙 벌린 가윗날처럼 보이던 접힌 다리가 서로 맞붙듯 가까워지더니 수직으로 내려와 뻗었다. 그러고는 뚜벅뚜벅 걸어오며 영상이 끊겼다.

　수연은 내가 댓글을 확인하기도 전에 휴대폰을 낚아채더니 입을 열었다. "믿기 어렵겠지만, 해롭진 않으니 들으면서 상상해봐. 이걸 찍은 방의 중력은 지구의 6분의 1정도야. 나는 여기서 처음엔 매일 꾸준히 도약을 연습했어. 참고로 말하자면, 지구인들이 걸을 때 월인越人들은 도약하고, 지구인들이 달릴 때 월인들은 부양을 해. 그런데 어떻게 부양하느냐. 도약을 멈추지 않으면 부양이 되는데, 지금 내가 하는 명상은 도약 없이 부양 가능하게 해주는 방법이야. 그래서 요즘 월인 세대들은 수고에 비해 효율이 떨어지는 도약 대신 이렇게 두 마리 토끼를 다 살리는 명상을 주로 하고 있지. 단, 집중해야 돼. 집중해야 정수리로 힘이 끌어 모아지거든. 이 경지에 이르면 보이는 내가 보이지 않는 나와 속속들이 연결되어 우주에서 이른바 참뮴월越인人의 손이 다가와 정수리를 위로 당겨 올리지. 그럼 중력의 영향권으로부터 원하는 시간만큼 벗어날 수 있어. 다만, 조건을 잘 맞춰줘야 해. 물론, 그 조건대로라면 너도 무중력을 일으킬 수 있어."

수연의 눈빛과 어조는 담담하면서도 진지했다. 자신이 찍은 공중부양 영상이 진짜라는 걸 추호도 의심하지 않는 태도였다. 실제로 그것이 진짜든 가짜든 나는 수연의 이런 태도를 존중하지 않을 수 없었다. 화법은 비록 반말을 넘어 너나들이하는 지경에 이르렀지만. 실은 이야기를 한다는 것만으로 기뻤다. 더욱이 듣도 보도 못한 이야기였다. 나는 기습적으로 다가온 야자 타임을 시원하게 받아들인다는 뜻으로 적당히 토를 달았다. "그럴 리가. 그리고 뭐, 월인? 네가 토끼가 사는 별에서라도 왔단 얘기야 뭐야. 그렇담 기억해. 여긴 개기월식 중이야."

"토끼가 사는 별의 이름은 개기월식 때 가장 빛나지." 수연이 읊조리듯 말했다. 나는 개기월식을 보는 새로운 관점에 조금 놀랐다. "그런데 어째서 지구인들은 개기월식을 달이 지구에 가려졌다느니, 심지어 삼켜졌다거나 먹혔다고들

엉뚱하게 표현하지? 월인들은 대체로 겹쳐졌다는 표현을 써. 내가 지구에 올 수 있었던 것도 이런 관점 덕분이야. 말하자면 너를 비롯한 지구인들이 개기월식이라고 부른 그때 지구와 내 별이 딱 겹쳐졌지. 그래서 모처럼 운 좋게 지구로 갈아탈 수 있었던 거야." 나는 행성 간 여행을 마치 버스 환승마냥 단순히 취급해버리는 수연의 넉살에 어처구니가 없으면서도 감탄스러웠다. 그래서 단호히 끊지 못하고 짐짓 심드렁히 대꾸했다. "우주는 저 위에 있어."

　"아니, 우주는 위아래로 분리되어 있지 않아. 그런데 지구는 우주에 떠 있잖아. 우리가 땅을 디디고 다니느라 잘 까먹는데 말이야, 사실 우리 모두는 우주에 떠 있어." 나는 입을 작게 벌린 채 대꾸할 말을 찾고 있었다. "오케이 좋아. 그럼 여기서 재현해보자. 그러려면 먼저 지구 전체가 떠 있다는 사실을 머리가 아닌 가슴으로 받아들여야 해." 나는 내일을 생각했다. 시간이 벌써 자정을 향해 가고 있었다. 수연은 그러나 내일은 없다는 듯 카펫으로 내려와 엉덩이를 붙이고 앉더니 왼발을 오른 허벅지 위에 놓고 두 손바닥을 마주 댄 채 말을 이었다. "자, 이렇게 반가부좌를 하고 합장한 자세로 눈을 감아. 그런 다음 숨을 천천히 들이쉬고 내쉬어." 그러나 나는 앉는 자세부터가 난관이었다. 왼발이든 오른발이든 도무지 허벅다리까지 올라가지지 않았다. 책상다리에서 끝이었다. 내 끙끙대는 모습을 지켜보던 수연은 담담히 평좌도 괜찮다며 그대로 책상다리 자세를 취하도록 했다. 어려울 것 없다 싶었던 합장도 그냥 두 손을 맞대면 되는 것이 아니었다. 손가락 사이마다 틈 없이 붙인 채 양손바닥을 가지런히 모아야 했다. 더욱이 가슴과 주먹 하나만큼 사이를 띄우는 것이 적절했다. 호흡도 마찬가지였다. 숨을 그저 쉬기만 하는 게 아니라 숨이 코로 들어오고 나가는 것과 그 차갑고 따듯한 온도의 차이를 민감하게 알아차려야 했다. 살아있음을 유지하는 동작 하나하나가 다 경건한 의식이었다. 나는 뜻밖에 차오르는 미소를 느꼈다. "초승달이 떴네. 오늘은 여기까지." 수연이 말했다. 나는 눈을 떠 수연을 바라봤다. "너의 미소가 보름달이 되면 무중력이 도래할 거야." 나는 그게 무슨 뜻이냐고 물었다. "본체와의 링크가 강력해졌다는 뜻이지 뭐야. 그 시점이 되면 뇌가 알파 상태에 이르러."

본체? 나는 수연을 쳐다봤다. 이번엔 응답이 없었다. 나는 유튜브에서 본 그 상태에 이르기까지 얼마나 걸렸냐고 다시 물었다. "시간은 중요하지 않아." 매일같이 초세기에 들어간 신호등을 보며 이 악물고 뛰는 나로선 도저히 이해할 수 없는 말이었다. 어째서 시간이 중요하지 않냐 따져 물으려는데 수연이 시부저기 유튜브를 걸고넘어졌다. 요는 유튜브를 찍고 나니 인류 진화의 끝에 도달한 기분이 들었다는 것이다. "직접 만나지 않고도 닿을 수 있는 시대가 됐잖아. 더는 어린 왕자가 별을 여행하는 이야기가 은유로 읽히지 않지. 개인 방송이 가능해지면서 우리는 저마다의 행성 주인이 된 거야. 술꾼은 술꾼대로 방송을 하고, 사업가는 사업가대로 방송을 하고, 또 뭐가 있더라. 허영쟁이 허영쟁이 아저씨대로 방송을 하고. 결국엔 뱀에 물려 자기 별로 돌아온 어린 왕자도 장미랑 같이 방송을 할 거고. 지구에 있는 비행기 조종사는 조종사대로 방송을 하겠지. 서로서로 청취하며 소리 없는 아우성 같은 댓글들 답글들을 째깍째깍 주고받겠지. 외로우니까. 마스크를 벗게 되더라도 비대면은 확산될 거야. 종국에는 스스로를 송출하고 서로를 청취하는 관계만 온 우주에 남겠지. 그래서 아득히 깊고 넓은 우주 공간엔 사람 없이 디지털로 변환된 음파들만 고적하게 가로질렀다는 이야기, 아니 메아리가 쓸쓸히 떠돌겠지."

"우주 사막 같네. 사막이라면 지구에도 이미 넘쳐나는데. 시공간을 초월해서도 끝없이 관계에 목마르다?" 나는 대뜸 물었다. "사막이 아름다운 이유를 알아?" 수연은 묵연히 듣고만 있었다. "우물을 숨기고 있어서야. 보이지 않는 우물 때문에 모래 언덕, 모래밭은 목마름과 삭막함, 그 가없는 단조로움에서 벗어나 신비와 생기, 시와 도르래의 울림으로 떨리는 곡조를 얻지."

"원래 중요한 건 눈에 보이지 않아." 수연이 응답했다. "맞아. 여우도 그렇게 말했어." 『어린 왕자』의 이 대목은 내가 가장 사랑하는 부분이었다. 내면의 양을 만나게 하는 상자나 우리가 살고 있는 4차원 시공간에 숨겨져 있다는 여분차원, 그리고 내가 주은 인감도장이 실은 달에 있는 월석으로 조각된 아주 특별나고 비밀스런 힘을 지닌 물건이라는 이야기. 더욱이 도장의 자루를 깎고 다듬은 손은 시간이었다. 水수적滴천穿석石이라는 이름의 물시계. 배곯던 선조들이 그리던 것과는 달리 달의 표면엔 절구가 아니라 고색창연한 이 물시계가 있었다. 월인들 사이에 전해 내려오는 설화에 따르면, 달의 오래된 분화구들 가운데 여태 불을 뿜어낸 것이 미안하다는 듯 땀방울을 흘리기 시작한 것이 있었다. 이때부터 분화구는 분화구의 탈을 벗고 물시계로 전향하였는데, 이것이 있으므로 저것이 있다는 태곳적 원리에 의해 물방울이 떨어져 닿은 돌에도 역시 변화가 생겼다. 물론 물기가 싫어 옆으로 구른 돌에는 있을 수 없는 변화였다. 그러나 방울 방울 맺히는 힘을 매일같이 받아낸 돌은 제 모양을 예술품으로 바꿀 수 있었다. 나아가 자신의 가치를 알아보는 이에게 발견되어 이름이 새겨지는 영광까지 누린다며 수연이 버스에서 내려 집에 오는 길에 들려준 말이었다. 진위여부를 확인할 길도 없고, 또 구태여 확인하고 싶지도 않은 이야기였다. 보지 않고 상상하게 했기에 그 자체로 설레고 충만한 세상이었다. 여우가 어린 왕자를 기다리던 오후 세 시의 밀밭처럼 오직 의미로만 넘쳐흐르는 세상.

그래서 석연치 않았다. 수연이 앞서 미래 예측처럼 내놓은 의견은 무의미와 냉소로 덜덜 떨렸다. 최후의 인류 종은 호모유튜버가 된단 말인가. 그렇다면 인류 이후엔 누가 오나. 너희, 월인들이 지구로 대거 몰려오기라도 하나. 나는 어떻게든 이 암울한 인류의 종언을 떨쳐버리고 싶었지만 그것이 불길하지 않다는 쪽으로 감기는 기억이 떠올랐다. 지난겨울에 만난 6학년 아이들 중에도 이미 유튜버로 활동하거나 이런 유의 크리에이터를 꿈꾸는 친구들이 제법 있었다. 당시 수업 활동으로 어린 왕자의 B612호처럼 자신의 별을 상상해 쓰는 시간을 가졌는데 또래에 비해 말투가 점잖고 변성기가 와 굵직한 목소리로 선생님, 선생님, 부르며 이런저런 이야기를 들려주곤 했던 한 친구의 별이 특히 기억에 남는다. 그 친구의 별은 공부별이었다. 동명의 그 소설 첫 문장은 이러하다. 나는 태어날 때부터 의자에 앉아 있었다…….

훗, 혼자 웃다 수연의 담담한 눈동자와 마주쳤다. "오늘은 여기까지. 따라와."

멋쩍은 김에 박차고 일어나 걸었다. 닫힌 동생 방문을 열고 불을 켰다. 오른편 벽면의 절반을 차지한 행거에 부모님의 겨울 외투와 봄철 바람막이 잠바에 섞여 동생의 묵은 옷들이 위아래로 걸려있었다. 그 가운데 노스페이스 패딩이 있었다. 수연의 것보다 기장이 짧고 품이 좁은 패딩이었다. 출근길 횡단보도에서 이 검은 노스페이스로 무장한 아이들을 자주 맞닥뜨렸다. 그때마다 압도당하지 않으려 시선을 비꼈다. 노스페이스는 내게 유행하는 패션이 아니었다. 말 그대로 북벽이었다. 그 이름은 북벽 이외 다른 것이 아니었다. 알프스의 3대 봉우리, 그 중에서도 얼어붙은 채 수직으로 1800m나 솟은 아이거 봉의 북벽. 스물 셋의 독일 청년 토니 커츠와 친구들이 바로 이 벽에 오르려고 도전했다. 2차 세계대전이 터지기 삼 년 전 여름이었다. 토니 커츠는 안델, 에디, 앵거러와 함께 세간의 주목을 받으며 야심차게 이 산 초등에 나선다. 초반엔 성공적이었다. 첫날에만 무려 460m나 오르고 뒤이어 북벽의 중심을 가로지르는 새 루트까지 발견한 것이다. 넷은 차례로 이 루트를 통과해 전인미답의 저 너머로 건너간다. 이들은 젊었다. 오직 정상에 서는 단 한 순간만 생각했다. 돌아갈 길은 누구의 머릿속에도 들어있지 않았다. 그것이 화근이었다. 이들은 암벽을 건널 때 걸어둔 로프를 건너가자마자 철수한다. 이때부터 상황이 급반전한다. 악천후에 친구들은 차례로 조난당하고, 커츠 혼자 짧은 로프에 매달려 구조대를 기다리는 상황.

"여긴 누구 자리야?" 행거와 나란한 구석으로 바짝 밀어붙인 책상 의자 바퀴를 공연히 굴리며 수연이 물었다. 나는 말없이 수연을 욕실로 안내한 뒤 새 칫솔을 꺼내주고 내 방으로 갔다. 문을 열자마자 코끼리 어금니마냥 흰 상아색 까치발이 눈에 들어왔다. 이 까치발로 버틴 목조 테이블은 원래 식탁이었는데, 구 년 전 부모님이 새 식탁을 들여놓은 후 내 책상이 되었다. 나는 책상으로 다가가 역시 까치발에 나무로 된, 등받이가 하프 모양인 의자를 층간소음을 생각해 약간 들어 올려 당긴 뒤 앉았다. 굴곡진 모양새였지만 닿으면 등과 엉덩이가 배길 정도로 딱딱한 의자였다. 하지만 폭신한 감촉의 유연한 의자보다 뼈처럼 단단한 이 의자가 나는 편했다. 감촉이 곡선인 의자들은 앉으면 등허리를 집어삼키거나 빨아들이는 느낌이어서 영 꺼림칙했다. 나는 스탠드를 켜고 아이들의 노트를 펼쳤다. 문장들이 달리고 있었다. 사이사이 혼자 마라톤을 뛰는 문장이 허다했다. 한꺼번에 서둘러 너무 많은 이야기를 쏟아내려다 주어를 잊고 엉뚱한 방향으로 흘러가버린 문장들이었다. 우선 그 문장에서 주어와 서술어를 찾아 파란색으로 밑줄을 그었다. 그런 다음 둘 사이에서 여기저기 헤매 다니는 구절들을 딱딱 끊고 접속사로 연결시켰다. 문맥에 맞게 표현을 다듬어나가며 주어와 어울리는 새로운 동사를 붙여줬다. 첨삭을 할수록 문법에 신경이 쓰였다. 주어와 서술어만 잘 맞춰도 내용이 훨씬 좋아졌다. 다음 수업 땐 아이들에게 이 얘기를 들려줘야지 하며 노트를 덮었다. 순간 한기가 느껴졌다. 잃어버린 본체에 대한 생각이 떠올랐다. 나야말로 지금 어디로 가고 있는 거지. 주어를 잊은 채 이렇게 계속 허덕이며 달려가도 되는 걸까.

19개월 전 여름, 처음 찾아간 인력개발센터 여직원은 메꿔지지 않은 이력서의 공백에 대해 한마디로 깔끔하게 정리했다. 이른바 경단녀, 경력단절여성으로 분류한 것이다. 나는 결혼한 적도, 아이를 낳은 적도 없었지만 일단 묵묵히 받아

넘겼다. 그 사실의 진위여부를 밝히는 것이 일의 진행을 막거나 조금이라도 더 디게 할까 저어되었다. 나는 아이들을 가르치고 싶었다. 아이들과 같이 글을 쓰고 읽으며 대화하고 싶었다. 수연과 비슷한 또래라면 친구처럼, 즐겁겠다고 생각했다. 그때는 밤하늘에 떠 있는 것이 달이 아니라 닭이었어도, 그래서 큰 소리로 홰치며 날았더라도 상관하지 않았을 것이다.

그런데 개기월식이 왔다. 이번 개기월식은 3년짜리라고 했다. 지금 놓치면 3년 동안 볼 수 없는 진귀한 볼거리라고. 나는 의아하면서도 신기했다. 사라짐이 이토록 관심을 끌 수 있다니. 마치 사라짐으로 새로운 존재감을 창출해낸 것처럼. 나는 다르게 생각했다. 저 달은 잊히고 싶었나 보다. 무대에서 잠시 사라지고 싶은 거다. 무대 공포증을 이겨내지 못하고 도망친 래퍼처럼. 달은 자신이 더는 주목받는 스타가 아니라 그저 태양빛에 반사된 돌덩이에 불과하다고 문득 알아버린 것이다. 달은 어쨌거나 해명할 필요가 없었다. 세상은 이미 알고 있었다. 달이 자기 의지와 무관하게 얽매여 있던 지구, 태양과의 관계 때문에 잠시 가려졌단 사실을 사람들은 저마다의 방식으로 납득했다. 하지만 이력서에 공백으로 남은 나의 구 년은 확실한 의지의 소산이라고도, 순전히 관계에 얽매인 때문이었다고도, 혹은 둘 다가 이유라고도 말하기 어려운 시간, 아니 세월이었다. 한마디로 이치에 맞지 않는 것이었고, 논리를 벗어난 상태였다. 그래서 나 자신에게조차 설명하기가 어려웠다. 다만, 보이지 않는 맥락에서라면 잉태와 산고를 겪는 경력단절여성과 크게 다르지 않았다. 지금 내가 앉은 책상만이 기억하는 세월. 물 위에 쓴 글자처럼 없는 듯 있던. 부끄럽게도 그것만이 최선인 줄 알았던 삶이 그랬다. 사실 문제는 공백기 자체가 아닐지 몰랐다. 공백기의 삶이 계속 영향을 미친다는 게 문제지. 끝난 줄 알았던 구 년의 세월이 갑자기 회귀해 본체와의 연결을 끊어놓는 가윗날이 된 것이다. 그로 인해 줄이 끊긴 꼭두각시 인형처럼 툭, 오그라져서 일어나려면 붙잡을 것이 필요했다.

토요일, 석 달로 편성된 6학년 문학과 글쓰기 프로젝트의 마지막 수업이 있었다. 이날은 참관 동기 윤과 나만 동 시간대에 두 반 연속 강의를 주도했다. 선배 강사가 자기 강의 도중 틈틈이 두 교실을 번갈아 들여다보며 필요한 도움을 주었다. 출석한 아이들 모두 선생님이 돼보는 특별한 활동을 했다. 전주에 쓴 서평을 바탕으로 파워포인트와 간략한 대본을 만들어 돌아가며 7~8분짜리 줌 강의를 진행한 거였다. 이 첫 강의 영상은 각자의 이메일로 보내주기로 일찌감치 약속이 돼 있었다. 수업 전 미리 선배 강사가 교실 앞에 노트북을 세팅해 놓은 상태였다. 나는 다 차려진 밥상에 숟가락만 얹으면 되었다. 아이들이 차례로 나와 줌 화면 앞에 앉을 때 기록 버튼만 누르면 되었다. 그런데 수업을 마치고 '기록 중지'를 누르려고 보니, 아무리 다시 봐도 그 표시가 눈에 안 띄었다. '기록'이 눈에 들어왔다. 녹화된 영상을 확인했다. 단 하나가 있었다. 테스트 삼아 찍은 아무 의미 없는 영상이었다. 이날 출석한 아이들은 두 반을 통틀어 열아홉 명이었다. 그런데 이 열아홉 중 누구의 영상도 남지 않았다. 척추에서 시작된 통증이 왼쪽 귓속을 파고들어 드릴처럼 휘젓는 것도 거의 느껴지지 않을 만치 나는 놀랐다. 멍해져서 주저앉아 있던 내게 문 안으로 기웃이 보며 고생하셨어요, 선배 강사가 인사했다. 지친 얼굴에 가득히 미소를 담아보였다. 나는 내 한마디면 그 미소가 사그라져 찡그림으로 변할 것이 두려웠다. 미소 띤 그의 눈빛은 간곡히 그 말을 하지 말아달라고 부탁하는 듯 보이기까지 했다. 그래도 사실대로 보고했어야 했다. 그 눈빛과 미소가 까만 뒤통수로 바뀌어 문 너머로 사라져가도록 바라만 보고 있어서는 안 되었다. 왜 나는 그를 불러 사실대로 말하지 못했을까. 줄이 끊긴 인형에 불과한 때문이었을까.

개기월식이 깊어갔다. 이번엔 내 몸속으로 왔다. 척추의 통증은 편두통에서 끝나지 않았다. 다음 월요일, 나는 오른쪽 눈이 블러드문같이 변해 대학병원 안과의 대기 의자에 앉아 있었다. 5년 만의 재발이었다. 대학원 시절 이 증상이 처음 나타나 유전자 검사를 받았었다. 열두 개의 시험관이 반 이상 차도록 피를 뽑고, 며칠 뒤 의사로부터 HLA-B27 유전자에 스위치가 켜졌다는 진단을 받았다. 한마디로 오작동이었다. 이 기이한 유전자는 소행성에 자라나는 바오밥나무 같은 것이었다. 바보밥나무의 뿌리는 자신이 심겨진 별을 파괴한다. 마찬가지로 갑자기 발현된 B27 유전 정보는 안구의 중간 막을 손상시키라는 명령을 내린다. 즉, 그대로 놔두면 염증을 더 안쪽 망막까지 퍼뜨려 실명시킬 수도 있다는 얘기다. 포도를 닮아 포도막이라고 불리며, 안구로 스며드는 빛의 양을 조절하는 홍채에 속한 곳이었다. 중간이라는 위치로 인해 혈관이 복잡하게 얽혀드는 부위이기도 했다. 통증은 밤에 제일 심했다. 긴 가시 다발을 쑤셔 박는 것 같은 날선 통증 때문에 오른쪽 눈알이 같은 쪽 귓구멍과 턱 끝까지 기괴한 크기로 이지러진 감각이었다. 도대체 왜 자기가 속한 생태계의 일부를 공격하는가. 원인은 밝혀지지 않았다고 했다. 난 다시 류머티스 내과로 보내졌다. X레이 촬영 결과

단서가 잡혔다. 뼈 사진에 하얀 이상 흔적이 포착된 것이다. 그리하여 포도막염이 합병증으로 온 것이고, 뿌리가 되는 질환은 척추염, 그것도 강직성척추염이라는 새로운 진단이 내려졌다. 이 또한 원인 불명이었다. 확실한 건 둘 다 자가면역질환이라는 사실이었다. 면역세포가 몸의 일부인 척추와 눈을 바이러스로 인식해 공격하는 병이었다. 왜 내가 나를 공격해야만 하는가. 이래도 내가 난가.

나는 두 세상을 걷고 있었다. 구름 한 점 없이 새파랗게 벼린 날에도 내 오른쪽 시야는 늘 안개가 자욱하고 눈 내리는 세상이었다. 나는 더럽게 흰 그 세상을 도로 맑히기 위해 아침마다 식후 30분, 스테로이드제 알약을 삼켜 과도하게 항진된 T면역세포들을 억눌렀다. 알약 다음엔 안약이었다. 지구의 앓는 돌덩이 위로 수적천석의 시간이 왔다. 나는 매일 아침, 점심, 저녁, 자기 전, 이렇게 네 차례, 타이머를 맞춰놓고 5분 간격으로 세 개의 안약을 한 방울씩 눈동자에 떨어뜨렸다. 번번이 기다리는 시간을 참지 못해 일어나 서성이는 나를 수연은 데려다 앉혔다. 그랬다. 그때까지 수연이 함께 있어주었다. 밥 먹을 때를 제외하고 우리는 각자의 방에서 소행성 주인처럼 살았다. 그러다 내가 안약을 넣고 버튼을 누를 적마다 수연이 나타나 타이머가 울리기까지의 오 분 간 나란히 좌선했고, 부양을 기다렸다. 나는 토니 커츠를 생각했다. 아이거 북벽에서 맞는 다섯 번째 아침, 구조대가 도착해 커츠가 매달린 지점 45m 안쪽까지 다가온다. 하지만 얼음 절벽 때문에 더 위로는 접근이 불가능하다. 커츠가 직접 내려와야 했다. 그런데 자일의 길이가 턱없이 짧았다. 45m 이상 늘여야 구조대에 닿을 수 있었다. 필요한 줄을 확보하려면 자신과 연결된 친구들을 잘라내는 수밖에 없었다.

새 루트를 개척한 안델은 보이지 않았다. 600m 아래, 북벽 기슭으로 추락했기 때문이다. 칼을 꺼내 맨 먼저 얼음 덩어리가 된 앵거러를 자일에서 끊어낸다. 그리고 에디가 있는 빙벽까지 거슬러 올라간다. 에디는 앵거러와 커츠 자신의 무게로 인해 조여든 자일 안에서 숨이 막혀 죽어 있었다. 커츠는 고통스럽게 그를 잘라낸다. 그래도 줄이 짧았다. 동상 걸린 손으로 얼어붙은 자일을 겹겹이 푼다. 풀어 헤친 세 가닥을 하나로 이어 다섯 시간 만에 내려 보낸다. 구조대는 이 한 가닥 희망에 하켄과 여분의 자일을 묶어 올려 보내고, 커츠는 마침내 내려갈 준비를 한다. 두툼한 자일을 허리에 찬 강철 고리에 끼우고 비로소 하강한다. 구조 대원들의 눈에 드디어 커츠의 다리가 보이고, 얼굴까지 식별된다. 이제 15m만 더 내려오면 되었다. 커츠는 살 수 있었다. 그런데 갑자기 몸이 어딘가에 걸려버린 듯 더 내려가지질 않았다. 깜짝 놀라 살펴보니 자일을 묶은 매듭이 고리에 뒤엉켜 있었다. 커츠는 공중에 붕 뜬 채로 끔찍한 소리를 내지르며 이빨로 매듭을 물어뜯고 발버둥친다. 구조대원들은 할 수 있어, 할 수 있어, 토니, 외치며 이 모습을 지켜볼 도리밖에 없었다. 그러다 비명이 멎고 발버둥이 그치며, 한숨처럼 이 한마디가 날아와 닿는다. 이제 끝이구나.

수연이 눈을 떴다. 좌불안석인 나를 보며 물었다. "네 작은 친구는 태어날 때부터 의자에 앉아 있었다는데 넌 안 그랬어? 네가 앉고 싶은 의자는 뭐였어? 아니, 뭐야?"

나는 말로 할 수가 없어서 가까이 있는 노트를 펼쳐 썼다.

그 의자는 까마득히 높고 험준한 산이었다. 키츠와 친구들이 매달려 죽어간 북벽처럼 가파르고 절망적이었지. 산은 거기 가만히 있을 뿐인데, 왜 그토록 질기고 괴로운 사투를 벌였을까. 어쩌면 제정신이 아니었는지도. 내 병과 난 그 정도로 닮아 있던 거야. 그럼에도 하산은 생각지 않았다. 메이저 신문사의 신춘문예 최종심에 두 해 연속 거론된 상황이었다. 난 오직 정상만 바라보았어. 하지만 도중에 줄이 걸려버린 듯 더 나아가지질 않는 거야. 치명적으로 엉킨 매듭이 있었어. 동생과 나 사이에 연결된 얼어붙은 자일이었지. 동생은 상처받고 지친 얼굴로 매달려 있었어. 코앞에 정상이 있는데. 동생은 네 자신을 알라고 소리쳤어. 자일을 끊어달라고 울부짖었어. 나는 더 가고 싶었다. 하지만 악천후에 쏟아진 낙석에 동생이 머리를 맞았어. 평지로 내려가 당장 치료를 받아야 했지. '자일을 끊어버려.' 악마의 목소리가 들렸어. 그러나 오만하고 이기적인 난 힘이 없었어. 그 놈이야말로 치료가 필요했지. 허옇게 질린 얼굴로 따라 내려왔어. 산 중턱에 언제고 진짜를 들고 찾아뵙겠다, 끝맺은 편지를 남기고는. 실은 나도 살고 싶었던 거야. 살면서 쓰고 싶었지. 하지만 평지를 걷는 것이 더 아슬아슬했다. 평지에서도 그 산의 냉기와 경사가 고스란히 느껴졌지. 나는 가는 곳마다 부딪혔어. 세상이 요구하는 것과 내면에서 솟아나오는 것이 같지 않았던 거야. 나는 처참하게 깨지고 깎이며, 깎여나가며 시간 속에서 닳아갔다. 어느 여름 바닷가에서 주워온 조약돌처럼 말이야. 조약돌이 순하고 다정하다 생각하니. 조약돌은 서럽게 외치고 있었어. 잃어버린 모든 것이 나라고. 닳아지며 파도에 쓸리는 껍데기는 내가 아니라고. 매순간 나는 내가 아닌 아무개로 용해되고 휘발되며 사라지고 있다고. 이건 너무 무의미한 소멸이라고. 차라리 그 전에 내 손으로 조약돌을 파괴해 버릴까도 시도했다. 이즈음 꿈을 꾸었다. 꿈에 나는 우주비행선을 타고 낯선 세계로 파견 온 대원이었다. 파티가 한창인 그 세계에서 웨이터로 일하는 한 여드름 난 소년을 만났지. 같이 왈츠도 추고, 대화를 나누다 소년이 자기 삶을 사랑하지 않는다는 사실을 알아냈다. 비로소 내 임무가 떠올랐어. 나는 생에 환멸을 느끼는 소년에게 살아갈 이유를 자각하도록 일깨워야 했어. 하지만 오래 머물 순 없었지. 꿈에서도 시간이 흐르니까. 세계의 문이 닫히고 있었어. 소년이 자기 목숨을 걸고 옥상 대피로로 안내해 우리들을 그 세계에서 탈출시켜줬지. 그때 울면서 소년이 외치는 거야. 날 기억해주시겠죠! 나는 기억하겠다고 같이 외치고 울면서 꿈에서 깨났고, 그 후 일정한 시각마다 홀로 의자에 앉았다. 당선이 아닌, 소년을 기억하기 위해 썼다. 소년과 나는 탯줄처럼 이어져 있었어. 소년을 기억하는 일이야말로 내겐 현실이었다. 사람들이 현실이라고 부르는 것, 그것이 오히려 덧없는 꿈이었다. 나는 꿈에서 깨나기 위해 썼다. 소년은 빙산에 갇혀 있었다. 출구를 찾아 나오려고 발버둥이었지. 그 빙산을 깎고 녹여 4만 4천 162개의 파편 조각을 맞춰나가며…, 나는 살아있었다. 5년을 긴 하루처럼 소년을 끄집어냈다. 마침내 소년이 하나의 이야기로 태어났다. 비로소 평지로 나아갈 수 있었지. 뚜벅뚜벅 새로 걸음마를 뗐다. 그 길에 운 좋게 아이들과 만났다. 연필을 튕기고 휘두르며 윙가르디움 레비오우사!, 외치는 아이들이었지. 나는 이 아이들과 같이 쓰고 읽으며 행복해지고 싶었어. 그런데 아무리 다잡아도 자꾸만 보폭이 좁아들고 멀리 지평선 너머를 바라보게 되는 거야. 저무는 태양빛에

도 여전히 파르라니, 그 산이 어른거렸어. 걸을수록 산의 기억이 꽉, 얹힌 듯 내려가질 않았어. 부탁이야. 이 산을 베어 넘겨줘.

이튿날, 수연은 회색 조거 팬츠에 같은 색 라운드 티셔츠로 갈아입고 이마가 드러나도록 머리를 하나로 묶은 채 이부자리 위에 정갈하게 앉아 있었다. 두 손과 두 발을 모은 자세로 보아 좌선을 하려던 모양이었다. 지붕이 하얗게 덮인 새벽 네 시경이었다. 어스름히 푸른 잠을 깬 하얀 지붕들이 아이거 북벽의 설산을 떠오르게 했다.

"지금까지와는 다른 방식으로 사물을 바라보아야 돼."

수연의 어조는 앉은 자세와 마찬가지로 확고부동했다. 나는 수연이 말한 뜻을 헤아리려 그녀를 응시했다. "지구의 시선으로 햇빛을 바라봐." 수연이 말하였다. 그러더니 이불 밑에서 종이 한 장을 꺼내 내밀었다. 나는 두 손으로 받아 들었다. 한 편의 시가 적혀 있었다. 어제의 글에 대한 '답시'라고 했다. 제목은 「햇빛, 다이아몬드」였다.

손가락 사이로 쏟아지는 너
네가 만든 길을 따라 왔다 갔다

너를 쬘 수 있어서 좋아

아지랑이 사이로 내 굳은 몸을 덥히고 나면

쬐는 걸론 모자라 구름들로 너를 살짝 덮어 가리우지

작열하는 신비에 검게 물든 구름들

창백해진 광원을 드러낸다

희미하게라도 네 실체를 확인하고 싶었다

내게 생명을 준 너

너로 인한 열망과 나의 눈물들로 이 세상을 이뤘어

모닥불처럼 너를 쬘 수 있는 거리

내 세상을 지킬 수 있는 딱 이만큼의 거리에서

더 가까이 간다면

난 네게 집어삼켜질 거야

더 멀어진다면

난 얼어 죽겠지

그래서 배회한다, 너를 차분히 밀어내며

내게도 사무친 빛이 있다

뜨거운 속 깊이 너를 닮은 광포함이 숨어있지

너를 쏙 빼닮은 내가 보이니

눈부신 네 눈에 나는 아주 작은 떠돌이 흑점일까

그래도 안녕,

손가락 사이에 너를 낀다

무릎 위에 얹힌 손바닥이 천장을 향하여 마주 펼쳐졌다. 오른손바닥 위에 손톱 같은 빛을 헐떡이는 작고 단단한 물건이 놓여 있었다. 예의 인감도장이었다. 인면의 빛은 못 본 사이 더욱 짙어져 주황에 가까웠다. 도장의 자루는 반듯한 원기둥꼴이었다. 새끼손가락만 한 크기의 놀빛 자루였다. 이 놀빛 환봉丸棒 조각을 건네며 수연은 다시 입을 열었다.

"선물. 충전이 다 돼 가네. 곧 빛이 완전히 획으로 스며들 거야. 꼭 찍고 싶은데 찍어. 이제 나가자. 놀이터로 가자."

우리는 집을 나서 밤새 소복해진 눈을 밟았다. 아파트촌 입구를 에워싼 가로수 잎들마다 눈이 얹혀 있었다. 새벽의 거리는 환하고 적막했다. 세상이 빈 것 같았다. 들리는 것이라곤 이빨을 가는 소리처럼 울리는 눈 밟는 소리뿐이었다. 우리는 나란히 발 도장을 찍으며 나아갔다. 아파트를 오른편으로 끼고 돌아 초등학교 건물 앞 놀이터로 걸었다. 맞은편 공중화장실의 전광판시계 끝자리가 구에서 십으로 바뀌었다. 시계 위 지붕에서 곱고 흰 눈이 반짝였다. 놀이터 둘레에 파묻힌 폐타이어들도 새하얀 빛을 냈다. 세상이 아득히 희었다. 공기마저 부시게 희었다. 이렇게 깨끗해질 순 없을까. 새들이 지저귀었다. 키 큰 나뭇잎들 사이로 숨어 첫 끼를 나누는 그 소리에 까닭 없이 목이 메었다. 은빛 패딩이 작아졌다. 수연이 뛰고 있었다. 타이어를 넘어 눈밭으로 변한 모래밭을 사박사박 차올리며 달려갔다. 드럼통 모양 터널에 연결된 미끄럼틀을 지나 수연이 도착한 곳은 그네 앞이었다. 철봉에 쇠사슬로 매단 그네가 둘 나란히 있었다. 마지막으로 그네를 타본 적이 언제였는지 떠오르지가 않았다. 수연은 쌓인 눈을 털고 앉아 발을 굴렀다. 조금씩 삐걱이는 소리가 울려 퍼지고, 수연이 말했다. "좀 밀어줘." 나는 천천히 다가가 수연의 등짝을 밀었다. "더 세게." 저만치 공중에서 발버둥치며 수연이 애타는 목소리로 외쳤다. 나는 그네가 다가오길 기다려 쇠사슬 양쪽을 붙잡았다. 최대한 물러섰다 빠르게 돌진하며 손을 놨다. 미소가 차올랐다. 수연이 휘영청, 내 머리 위로 솟았다. 높이 뜬 수연의 뒤통수 너머 물빛 하늘과 그 속에 잠긴 산의 능선이 가까웠다. 나는 능선 가까이로 수연을 다시 힘껏 떠다밀었다. 순간 수연이 손을 놨다. 그대로 그네를 벗어나 공중으로 치솟았다. 나는 미친 듯 뛰쳐나와 수연을 받아내려 허우적거렸다. 수연은 여전히 뜬 채였다. 가부좌를 틀고 두 손을 맞대고 공중에…. 시간이 멈춘 걸까.

'아니, 시간이 된 거야.'

수연은 시시각각 푸르스름해져 갔다. 그리고 더는 새벽 네 시 십구 분의 공기와 구분이 되지 않았다. 나는 글썽이다가 그네를 탔다. 수연이 떠 있던 서쪽 하늘엔 부서진 조각달이 찍혀 있었다. 이 흐르는 물의 별 이름은 개기월식 때 가장 빛난다. 삭에서 망으로 망에서 삭으로 바뀌어도 변함없이 나에게 링크돼 있다. 나는 이 이름을 가만 속삭여 불렀다. 그네를 힘껏 차올려 두 발을 뻗치며. 두 팔도 뻗치며. 닿을 수 없으리란 걸 안다. 아무리 발버둥, 손버둥쳐도 이 간극은…. 그래도 수연아, 로프를 던질게.■

지난겨울, 개기월식을 기점으로 고비가 왔다. 나는 추락하려는 순간 로프를 붙잡듯이 이 소설을 써내려갔다. 쓰면서 내 속에 박힌 것을 끄집어냈고, 개기월식 상태에서 벗어났다. 당신에게도 이 로프가 닿았으면 좋겠다. 그리고 변화할 수 있기를 바란다. 부모님께, 홀로 발견한 연기법을 전해주신 부처님께, 그 가르침의 세계로 인도해주신 스님들과 법우님들께, 성실하게 살고 있는 동생과 제부, 네 살배기 조카에게, 내게 선생님으로 성장할 기회를 준 ㄷㅋ교육에, 그곳에서 만난 내 어린 스승들에게, 〈미뤄왔던 씀〉 프로젝트를 기획하고 이끌어주신 고유 출판사 대표님과 작가님께, 책을 편집하고 만들어주신 디자이너님께, 그리고 함께 쓰고 읽은 고마운 인연들에 감사를 전한다. 한 가지 더. 경칩 이후 내 삶의 이야기를 담기 시작한 브런치 주소를 공유한다.

https://brunch.co.kr/@moonwheel

우리는 일요일 오후에

발행 | 2023년 4월 25일
저자 | 이밤, 이정애, 오드리, 조준휘, 이선희, 김민준, 일레, 이희진
펴낸이 | 이창현
디자인 | 비파디자인
펴낸곳 | 고유
출판사 등록 | 2022.12.12 (제2022-000324호)
주소 | 서울특별시 마포구 와우산로3길 29 2층
전화 | 070-8065-1541
이메일 | goyoopub@naver.com

ISBN | 979-11-982985-1-5 (03810)

www.goyoopub.com